시계문학 아홉 번째 작품집

그냥 또 그렇게

시 계 문 학 회

초판 발행 2016년 11월 30일
지은이 시계문학회

펴낸이 안창현 **펴낸곳** 코드미디어
북 디자인 Micky Ahn
교정 교열 백이랑
등록 2001년 3월 7일
등록번호 제 25100-2001-5호
주소 서울시 은평구 갈현1동 419-19 1층
전화 02-6326-1402 **팩스** 02-388-1302
전자우편 codmedia@codmedia.com

ISBN 979-11-86104-49-1 03810

정가 10,000원

시계문학 아홉 번째 작품집

그냥 또 그렇게

가을 산길을 걸어본다.

이른 봄부터 여름 내내 경험해온 나무들의 이야기가 단풍이 되어 쌓이고 있다. 어느 잎 하나 그저 된 것이 없고 빼곡히 메운 사연들이 곱게 물들여 새겨져 있다.

문우님들의 A4 나뭇잎이 나름대로 색깔을 품은 채 한 권의 책으로 엮어져 나온다. 우리들의 역사다. 벌써 아홉 번째고 내년에는 강산이 변하는 열 번째가 된다.

가던 길 멈추고 그루터기에 앉아 한해를 뒤 돌아본다. 차분히 성장하던 수필반이 약간의 슬럼프를 겪었지만 이제 다시 힘을 얻고 있고 시반은 왕성한 열정으로 많은 작품들이 그려져 왔다. 입소문에 힘입어 많은 회원들이 찾아와 주셨고 그중에서도 100세 시대 힘입어 연세 드신 어른들이 계셔서 마음 든든하다. 세 분의 시인과 한 분의 수필가가 등단이란 관문을 통과하여 문단에 우뚝 서게 됨을 큰 수확이라 느낀다.

이제 올해 못다 한 사연들은 과거로 묻어 버리고 오는 해를 맞을 준비를 해야겠다. 나라 전체가 소용돌이 속에 휘말리는 일이 있더라도 초연히 열심을 품고 쓰는 길만이 우리들의 갈 길이다.

나날이 발전하는 문우 여러분 한해 수고 많으셨고 물심양면으로 시계의 발전을 위해 애써 주신 모두에게 감사하오며 더욱 알찬 한해를 기원합니다.

온갖 열정으로 지도해주신 선생님께 고개 숙여 감사드립니다.

시계문학회 회장 손거울

Contents

Contents

탁현미

떠도는 바람처럼, 무심히 흐르는 구름처럼
자유로운 영혼으로 남고 싶다

- 시 -

낡은 스냅사진 같은

나에게, 말을 걸다

시간이 멈춘 아이들

매미에 대한 아주 짧은 생각

P R O F I L E

『문파문학』 시 부문 신인상 당선 등단
한국문인협회 회원. 시계문학회 회장 역임, 현 문파문인협회 회장

낡은 스냅사진 같은

처음 그 노인을 만난 것은
부슬비가 내리는 오후였다
자동차들이 마찰음을 내며 달리는 한 길가
낮은 아파트 처마 밑
늙은 소나무를 닮은 노인과 품에 안겨있던 강아지
한 장의 낡은 스냅사진을 보는 것 같았지
주름투성이 얼굴로 선하게 웃던 모습
앙상한 가슴에 안겨 졸고 있던 강아지
추억의 손때 묻어 흐릿해진
왠지 마음이 따뜻해지는 장면이었다

어제도 오늘도
그곳엔 노인과 강아지가 있다
바쁘게 움직이는 사람들을 보면서
구김살 없는 밝은
소년 같은 표정으로 웃는다
그 표정에 끌려 말을 건다
한 장의 스냅사진 속으로

나에게, 말을 걸다

공원 한 귀퉁이 작은 오솔길
살랑거리는 바람의 유혹
머뭇거리다 하늘하늘 가출하는 꽃잎들

바람이 화려하게 장식한 꽃길을 떨리는 손으로 지팡이 짚은 슬픔이 훌쩍이며 말을 건다 이 카페트 너무 예쁘지 엄마가 넘어지지 말라고 깔아 놓은 거야 그런데 울 엄마 어디 갔어 엄마 집 어디야 중년의 여인 헐레벌떡 뛰어온다 목 끝까지 차오르는 울음 참는 듯 목례하며 간다

휘이익 바람을 휘저으며 두 주먹을 불끈 쥔 분노들이 침묵하는 공기를 뒤흔들며 언성을 높인다 언제부터 세상이 이렇게 시끄럽고 무질서하게 변한 거야 삼강오륜은 어디 가고 이보게 삼강오륜이 땅에 떨어져 짓밟힌지 아주 오래되었지 공연히 큰소리치다 봉변당하지 말게 봐도 못 본 척 들어도 못 들은 척 나를 보며 동의를 구한다 쓴웃음을 흘릴 수밖에

공원 한구석에 놓여 있는 벤치 무기력이 세상만사 슬퍼할 것도 화낼 것도 없다면서 나른한 손짓으로 앉으라 한다 골짜기에서 흘러내리는 물을 봐 여기저기 피멍이 들고 쪼개지고 때 묻고 이끼

끼면서 강으로 바다로 흘러가는 거야 아무 일도 없었던 것처럼
순간 멈춰진 발걸음

부드러운 바람 꽃 무더기를 몰고
두 팔을 활짝 벌린 사랑이 웃으며 손짓한다
어서 와 이 품에 안기라고 세상은 아름다운 것이라고
사랑할 일들이 넘치고 넘치게 많다고
주춤주춤 뒷걸음치는 내 영혼

시간이 멈춘 아이들

넓고 넓은 푸른 하늘에 안기고
바람을 쫓고 빗속을 첨벙거리며 달리는
말을 잊은 작은 아이
그네 위에서 하늘을 보며 웃고
발을 흔들며 괴성을 지르는
그 작은 머릿속 멈춰버린 시간

높은 휠체어에 앉아
한 손에 딸랑이를 쥐고
이 사람 저 사람 쳐다보며
눈 마주치면 놀자고 웃는
서글서글한 큰 눈
얼굴 이곳저곳에 여드름, 수염이 난
한 살 나이에 갇혀버린 청년 아이

오랜 시간이 흘러간 지금도
대여섯 살 나이로 돌아가
가족이 모두 떠난 집에 혼자 남아
어두운 구석에 쪼그리고 앉아 울고 있는

자신을 보고 있는 꿈을 꾼다는
불혹不惑을 넘긴 아이

희수喜壽를 씩씩하게 뛰어넘은 아이
다섯 동생을 돌봐야 했던 장녀
가끔 고인이 된 엄마에게 묻고 싶은 말이 있었단다
아버지가 출장 가시면 항상 앓아눕던
어린 나이에 모든 걸 다 떠맡겼던 그 마음에

영원히 멈춰버린 필름의 조각들

매미에 대한 아주 짧은 생각

이른 아침
시름-시름 매미가 운다. 그것은 이미
짝을 부르는 노래가 아니다

피할 수 없는 운명에
새끼들의 얼굴도 보지 못한
고아로 자라야 할 아이들에 대한
어미의 애처로운 흐느낌이다

늙은 벚나무 아래
바람에 부르르 떠는 투명한 날개
허허로운 매미들의 주검
아직 여름이 끝나지도 않았는데

손거울

숨 막히는 더위에다 목 타는 가뭄에도
결실의 계절은 찾아와
잎사귀 사이에 숨어 누렇게 물든 큰 호박처럼
은은한 단맛 품고 싶다

- 수필 -

P R O F I L E

『문파문학』수필 부문 신인상 당선 등단
한국문인협회 용인지부 회원
문파문인협회 부회장, 시계문학회 회장
저서: 수필집『울 엄마 치마끈』

팁Tip

Tip의 어원은 'To insure prompt service'의 약자로 직역하면 빠른 서비스에 대한 보상이라고 해석할 수 있다. 우리나라 사전적 의미는 '시중을 드는 사람에게 위로와 고마움의 뜻으로 일정한 대금 이외에 더 주는 돈'으로 되어있다. 우리도 옛날부터 상전들이 마음에 드는 하인에게 심부름을 시킬 때 고마움의 뜻으로 엽전을 주고받은 사실이 고전에 등장한다. 팁의 원조는 서양이라고 본다. 중세시대 귀족들이 보여준 투철한 도덕의식과 계층 간 대립을 해결할 수 있는 수단인 노블레스 오블리주에서 비롯된 것이 아닐까. 주는 사람이 기분 좋고 받은 사람도 정액수입 외 과외수입으로 사기진작에 도움을 주는 아름다운 매개체요 사회 계층 간 화합을 돈독히 하는 팁은 사회의 윤활유라고 할 수 있겠다.

며칠 전 남대문 옆 남산 기슭에 위치한 힐튼호텔에 약속이 찾아가는 길에 대중교통에서 내려 택시를 탔다. 평소처럼 앞자리에 앉아 기사와 세상 이야기하기를 나누었다. 기사는 연세가 들어 보여 연세를 물으니 그는 신사 생 이라고 한다. 신사 생 이라면 나하고 동갑이다. 반가웠다. 우리나이로 76세인데 이렇게 힘든 영업 택시를 하다니 대단하다는 생각이 든다. 그는 공무원 출신이고 힘들지만 노력하여 손주들 용돈 주고 부인에게 삼시 세끼란 말 듣지 않고 힘은 들지만 할 만하다고 한다. 서로 격려를 주고받다 보니 호텔 앞에 도착했다. 택시 요금이 3,400원이 나왔다. 4,000원을 주면서 잔돈은 동갑이 격려금으로 드린다고 하니 그는 웃으며 건강하시라고 축복해주며 아쉽게 헤어졌다. 단돈 600원이지만 주는 기분도 좋았고 나를 내려주고 남산 둘레 길로 오르는 그의 손이 창밖으로 흔들어 보이며 힘찬 엔진 소리를 내뿜고 달리는 푸른 숲길이 유난히 밝아 보였다.

70년대 후반 일본으로 출장 중 일이다. 교민으로 일본 서예계에 이름을 날리는 백운 김희훈 선생님을 어렵사리 찾아뵈었다. 존함을 익히 알고 있는 분이라 소개해주신 분의 안부를 전하고 소박한 식당에서 식사한 후 선생님이 지불하시며 백 엔짜리 동전 두 닢을 팁으로 준다. 다시 카페로 이동 중, 택시기사가 상당히 친절했다. 한국서 왔다는 말에 그는 우리 대사관 위치를 가르쳐 주며 친절을 베풀어 주었다. 백운 선생님은 내리면서 거스름돈은 팁으로 가지라고 하며 고마움을 표시했다. 선생은 한국인임을 알게 되어 우리 민족 자존심을 위해서도 팁을 주신다고 한다. 그때까지만 해도 팁을 어떤 경우에 주는지 잘 모르던 내가 팁의 진수를 한 수 배우는 계기가 되었다.

선생께서는 단골 맥주홀에 들였다. 라이브 밴드가 무대 위에 자리한 맥주 집은 초저녁이라 손님은 많지 않았다. 우리 일행이 생맥주 한잔을 마시는데 곧 밴드가 〈푸른 하늘 은하수〉라는 우리 가곡 반달을 연주한다. 우리는 박수를 쳐 화답했다. 한참 후 음악이 바뀌고 우리는 자리를 뜨면서 손을 흔들어 무대 쪽으로 목례하고 밴드에게 전하라는 말과 함께 천 엔짜리 한 장을 테이블 위에 남기고 자리를 떴다. 팁의 위력은 백운 선생을 한층 더 높은 품위로 올려 돋보이게 했다.

멀지 않은 곳에 위치한 선생의 자택을 방문했다. 선생님은 독신인데 동경에서 보기 드문 저택에 살고 계셨다. 청년 시절 북한에서 월남하여 의

대에서 진학 하셨으나 공산화가 두려워 모두 접고 일본에 밀항하셨다. 직접 끓여주신 진한 녹차를 음미하며 당대 일본서 최고 서예 선생님을 만난 이야기와 일본사회에서 품위 유지하기 위해 체험한 방법에 관하여 좋은 이야기를 들을 수 있었다. 그중에서 팁에 관한 이야기는 오늘날까지 나의 사회생활에 좋은 표준이 되고 있다.

백운 선생 댁은 집은 넓은 정원에다 침실도 몇 개나 되고 해서 마음속으로 선생님 이야기를 들으며 하룻밤을 유숙하고 싶었다. 이야기가 진지하여 시간이 빨랐다. 선생님의 이야기 중 갑자기 일본에는 남의 집에서 자는 것은 실례이므로 늦기 전에 호텔로 돌아가라 하신다. 남의 집에 외박은 특별한 관계 외에는 있을 수 없다고 한다. 덧붙여 일본인들이 자주 쓰는 말 중 '집에 놀러 오라'는 말은 그냥 인사치레란 것도 알려주신다. 뒤통수를 얻어맞는 것처럼 띵하다. 낯선 나라에서 늦은 밤 쫓겨난 집 밖에는 네온사인이 휘황찬란한데 코끝이 찡하다. 늦은 밤이라 방향 감각이 흐릿해져 서글펐다. 돌아오면서 별난 예절이 사람 고생시키는구나 여겨졌다. 다른 사람에게는 팁을 잘 주면서 나에게는 인색한 것 같아 서운한 생각이 들었다. 팁은 물질만이 아니고 배려도 중요한 팁이라는 사실을 조용히 마음에 새기게 되었다.

백운선생의 팁에 대한의 상식은 이렇게 정리해보았다. 낯선 나라에서 품위를 유지하려고 남다른 노력 했다고 한다. 너무 적게 주면 인색한 사람으로 낙인찍히게 되고 너무 많이 제공하면 받는 사람이 부담을 느끼게 된다고 한다. 험한 일 하는 사람에게는 반드시 팁을 제공하라고 한다. 지난봄 대만 여행 중 택시전세로 며칠간 타이페이 근교 관광을 했다. 운전기사는 유창한 영어로 관광자원에 대한 훌륭한 해설과 빈틈없이 스케줄을 무난히 소화해주었다. 이에 만족한 식구가 예상외의 팁을 많은 지불하였다. 그런데 그 운전기사는 부담이 되어 다음 날 아침 일찍 선물을 들고 호텔까지 찾아 왔다. 그는 바쁜 가운데 그처럼 과도한 팁이 부담으로 여겨졌던 것이다.

우리나라는 규모 있는 식당에는 일정액service charge란 항목으로 영수되므로 편하다. 외국에서는 그 나라의 관례를 살펴보고 적절히 처신하여 나라의 이미지를 손상시키는 일은 없도록 주의해야겠다. 연말이 되면 가장 어렵게 수고하는 이들에게 찾아가지 않아도 자주 만나는 이웃들, 예를 들면 우편배달부, 쓰레기 수거 인부들, 아파트 경비 등 어려운 여건에서 일하는 이웃을 위하여 형편에 맞게 봉투를 만들어 손에 쥐어주며 따뜻한 말로 사랑을 나누는 우리 모두가 되었으면 한다. 특히 택시 이용 시 천원이하 잔돈은 받지 않기로 하는 등 사회적으로 계층문제가 뜨겁게 부각되는 이 시점에 조금만 마음을 쓴다면 따뜻한 사회가 되는 좋은 계기가 될 수 있을 것이다. 우리는 모두 힘을 합하여 작은 것으로 나눌 줄 아는 포근한 마음이 모여 좋은 이웃이 되어 사회에 갈등을 해소하는 가진 자의 책무를 다 했으면 한다.

백록담에 서서

연초 20년 후인 2035년 1월 5일 서울 소재 호텔 로비, 정오에 만나기로 약속한 친구로부터 전화가 왔다. 20년을 버티자면 기초 체력이 되어야 하는데 운동은 얼마나 하고 있는지 점검(?)한다면서 남한에서 제일 높은 한라산을 정복해 보자고 제안한다.

사실 나의 두 친구는 젊은 시절부터 습관화된 절제와 운동에 잘 단련된 이들이다. 다만 내가 문제를 안고 있다. 친구가 말하길 '이것이 우리 인생에 백록담을 밟을 수 있는 마지막 기회'라고 한다. 내 인생의 마지막이라는 말에 내 귀가 번뜩인다. 요즈음에 와서 여러 가지 당면한 사건이 내 삶의 여정 속에 마지막일지 모른다는 절박한 생각에 나이를 의식한다. 이번에 포기하면 내 생애에 백록담을 보지 못한 채 세상을 떠나야 한다는 말인가. 놓치면 후회할 것 같다. 일단 시도해 보다가 안 되는 것은 받아들여야 하지만 해보지 않고 포기한다는 것은 너무 소극적이라는 생각이 벌떡 일어서게 한다.

제주도로 떠나기 전날, 비가 억수로 내렸다. 한라산에는 1,400밀리 폭우가 쏟아졌다는 보도에 발걸음이 무겁다. 비행기 트랩을 오르는 내 마음을 납덩이로 누르는 아내의 충고다. "당신 나이를 생각하시오" '내 나이가 어때서 산행하기에 딱 좋은 나인데' 겉으로는 태연한 척하지만 속은 두려움에 다리가 후들거린다. 다행히 태풍이 지나간 하늘은 티 없이 맑다. 공항에 마중 나온 친구 반가운 얼굴에 하얀 머리가 길게 귀밑까지 드리워져 나부

낀다. 나이는 못 속이나 보다. 제주를 밟으며 한라산 쪽을 바라본다. 희미하게나마 시야에 들어온다. 한라산 영역에 들어와 있음을 알리는 듯하다. 멀리서 바라보며 제주를 한눈으로 살피는 것 같다.

친구 집에서 지내는 밤엔 여러 가지 기대와 두려움으로 일찍 잠이 오지 않아 뒤척이다 보니 창문이 훤해 왔다. 친구가 손수 정성껏 준비한 식사를 배불리 먹고 시계를 보니 6시가 지났다. 상당히 높은 한라산 자락에 위치한 친구 집에서 바라본 새벽 제주는 하얀 엷은 커튼, 해무와 안개를 헤치고 잠에서 깨어나고 있다. 등산화 끈을 조이며 하늘을 바라본다. 파란 맑은 하늘에 잇대어 멀리 보이는 청정해역 제주바다는 짙푸른데 새하얀 해무가 띠가 되어 살짝 시내를 가리고 있다. 내가 마치 구름 위에 떠 있는 것 같다. 이 아름다움에 매료되어 과감히 이곳에 그림 같은 집을 짓고 자리 잡은 친구가 부럽다.

오늘 오르는 코스는 백록담으로 연결된 성판악이다. 어제 큰비로 샤워를 마친 한라산은 멀리서부터 풋풋함이 검푸른 색으로 선명하다. 맑은 공기는 콧구멍을 확 뚫어 놓는다. 한라산 동쪽에서 백록담 오르는 길이다. 이 코스가 난코스란 것은 익히 들어 알고 있다. 어리목이나 영실 코스는 한번 가보았지만 성판악은 처음이기에 두렵다. 어리목이나 영실 쪽에선 철쭉 군락 등 작은 나무들이 잔잔히 양탄자처럼 덮여 노루가 뛰노는 풍경에 풍만한 울 엄마 젖가슴을 느꼈다. 불평과 불만을 토로함이 없이 묵묵히 자리를 지키고 있는 제주도의 어머니라면 성판악은 근육이 살아있는 힘센 아버지 같다. 제주 전체를 영역으로 수천 년을 묵묵히 지켜온 국토의 남쪽 수문장이다. 남태평양으로부터 몰려오는 태풍을 몸으로 막아서고, 왜구가 칼날을 들이대면 곡괭이로 맞서는 힘센 근육의 묵직함이 엿보인다.

7시가 좀 지나 성판악 주차장에 도착하니 벌써 만차를 이루었다. 입구에 서 있는 주의사항 간판이 나를 망설이게 한다. 심장병, 고혈압 등 지병이 있는 사람은 코스가 매우 험하고 긴 코스이므로 삼가라고 한다. 꼭 나에게 하는 이야기 같다. 등산 코스 길이는 험한 길 19km가량으로 9시간이 걸린단다. 잔뜩 긴장된 나의 마음을 처음부터 흔들린다. 시작이 반인데 '중도 포기는 내 사전에 없다' 어금니를 지그시 깨물어 본다. '20년 후 만나기로 약속한 세 친구 중 나 하나가 무너진다면 친구들의 실망은 무엇으로 채울 것인가, 반드시 해내고 만다. 내 생애에 백록담을 만날 수 있는 마지막 기회를 놓칠 수 없다.' 속으로 다짐해본다.

처음부터 흙이라고는 하나도 없는 현무암으로 구성된 험한 돌길 코스다. 정상을 향하여 이어지는 등산객 외줄에 나도 한자리 차지했다. 둘러봐도 나보다 더 늙어 보이는 사람은 없다. 확인할 길은 없지만 짐작으로 최고령에 속하는 것 같다. 자신을 알라고 하던 아내의 말이 맞는 것 같다. 길 양옆에는 교목들이 들어차 하늘을 가린다. 그 속에 태풍에 버티지 못하고 넘어진 나무들도 가끔 보인다. 나이 탓일까?

길은 군데군데 방부목으로 포장해둔 길도 있지만 대부분 돌길이다. 금번 태풍으로 인한 억센 비바람에 돌길이 엉클어져 제자리를 이탈한 곳이 많아 발 딛기가 어렵다. 동행한 두 친구는 속도를 냈지만 나는 올라갈수록 뒤처진다. 친구에게 방해되지 않도록 먼저 보내고 체력에 맞게 속도를 조절하여 걸었다. 사실 친구들은 젊은 시절부터 운동으로 다진 몸무게가 나보다 10kg 이상 가볍고 힘살로 단단하다. 연초 2035년 약속 후 매일 만보 이상 걷고 있지만 그것으로는 역부족이다. 2시간 정도는 평소 실력으로 자신감이 붙었지만 갈수록 무게를 느끼고 힘이 부대낀다. 정신력으로 최선을 다하는데 흐르는 땀방울이 앞을 가린다.

비교적 험하지 않은 첫 대피소에 도착하니 두 친구가 기다리고 있다. 간식으로 배를 채우고 잠시 쉰 후 또 걸었다. 해발 1,000m를 지나니 수종이 좀 달라지는 것 같다. 한참을 더 걸어 마지막 대피소인 진달래밭 대피소에 도착했다. 친구의 말에 의하면 지금부터가 지옥이란다. 길은 골짜기를 벗어나 이제 등성이로 나오는 것 같다. 그리고 약 해발 1,500m 이상인 것으로 짐작된다. 비 온 후 개인 날 따가운 햇살을 피할 나무가 없다. 하얗게 백골을 드러낸 제주 특산 비자림 나무는 종종 보이지만 고산 지대로 큰 나무가 자랄 수 없다.

해발 1,700m를 지나 훤히 보이는 백록담을 감싼 거대한 가마 솥전을 오른다. 다행이 밧줄이 처져 있어 잡고 오른다. 길바닥에 정리해 둔 모든 돌들과 침목들은 태풍 때 많은 비로 도랑이 되어 흐트러져 군데군데 돌무더기를 이루어 길이 위태롭다. 몇십 분마다 한 번씩 짙은 안개가 산 정상을 감싸다가 흩어지기를 반복한다. 등산객은 모두 한 줄로 서서 줄을 잡고 오르고 있다. 한참 오르다 정상을 바라보니 두 친구가 손을 흔들어 격려한다. 힘들 때 작은 격려는 큰 힘이 된다. 친구들의 격려에 힘을 얻어 혼신의 힘을 다하여 올라 정상을 밟았다. 바로 눈 앞에 펼쳐진 백록담, 감격스럽다. 자칫하면 만나지 못할 뻔 한 백록담, 어제 내린 많은 비에 물이 파랗게 차있다. 많은 이들이 이렇게 물이 찬 것은 처음이란다. 어쩌면 내겐

행운이다. 이 분화구를 통하여 분출된 용암으로 제주도를 만든 것이 아닐까? 그렇다면 이 분화구가 제주도를 낳은 생명 샘인 셈이다. 정상에서 몇 차례 돌아보고 내 가슴에 파란 물이 차 있는 백록담을 생명이 있는 한 잊지 않으려 꼭꼭 새겨 담고 처음이요 마지막이 될 발길을 돌려 하산한다. 산안개가 살짝 가린 백록담에게 마음속으로 작별 인사를 나누었다.

험한 길이라 내려오는 길이 더 힘들었다. 체중이 다리에 집중되기 때문이다. 힘들게 9시간 반 44,800보를 걸어 백록담을 만났다. 정상에 서보고야 한라산의 진가를 조금 알 것 같다. 한라산은 백두산처럼 장엄하지도 않고, 금강산처럼 아기자기하지도 않다. 국토 남단에 외로이 앉아 태풍과 싸우느라 자기 몸단장은 사치일 것이다. 한해에도 수차례나 밀려오는 태풍으로부터 국토를 보호하기 위해 맨몸으로 온 힘 다하여 싸워온 용사다. 그 무서운 태풍의 진로를 동쪽으로 밀기도 하고 서쪽으로 틀어 붙이기도 한다. 뚝심으로 우리 국토를 안전하게 지킨 것이 태고 이래로 그 몇 차례든가. 거센 바람의 힘에 밀리지 않으려 낮게 엉덩이를 땅에 붙이고 앉아 버티고 있는 한라산은 위대하다. 막중한 책임을 지고 버티고 있는 피부는 거칠고 상처가 남게 마련이겠다. 오늘도 평퍼짐하게 눌러앉아 불꽃 같은 눈으로 태평양을 응시하며 대한민국을 보호하려는 의욕으로 든든히 앉아 있는 한라산을 모르고 지난 나 자신 부끄럽다. 한라산이 거기 그렇게 버티고 있기에 우리가 안정을 누리고 있다.

생명은 태어남은 선택이 아니다. 나도 이 땅에 귀한 삶을 얻어 수많은 환경과 자연의 도움으로 살고 있다. 이번에 내 발로 만나봄으로써 한라산은 이 땅에 살고 있는 모두가 그 충직함에 고마워해야 할 대상임을 깨달았다. 제주도 곳곳에 300여 개의 곶자왈을 거느리고 수백만 년을 말없이 앉아있는 산, 우리나라 꽃 무궁화처럼 끈덕진 생명력이 물씬 느껴진다.

하마터면 내 생애 물을 가득히 품고 앉은 백록담을 만나지 못할 뻔했고 그 진가를 모르고 지날 뻔했다. 나이를 탓하지 않은 의욕과 나의 부족함에 용기를 주고 해낼 수 있게 믿어준 두 친구의 도움이 컸다. 오른쪽 무릎에 널직한 파스를 바른 채 이번 여행의 귀중한 기회를 누린 기쁨과 뿌듯한 자부심으로 여정을 돌아본다. 다시 한 번 백록담 맑은 물을 눈앞에 새겨본다.

스킨십

일생 동안 수많은 만남 속에서 마음으로 만나고 헤어지기도 하고 관계가 형성되어 길고 혹은 짧게 유지되기도 한다. 관계가 형성되려면 서로 노력이 필요하다. 이중 가장 기초적이고 효과적인 스킨십은 악수라고 본다. 남녀노소 없이 악수는 나눌 수 있고 특수한 관계가 아니면 악수는 무방하다고 여긴다. 그래서 나는 손을 잡기를 좋아한다. 손을 잡지 않으면 뭔가 만남이 미숙한 것 같이 가깝게 느껴지지 않은 것은 나만의 기우인지 모른다.

악수의 유례를 보면 중세 기사들이 칼을 들고 싸우던 시절로 올라간다. 기사가 상대에게 맨손을 내밀고 악수하는 것은 '내 손에는 당신을 해칠 무기가 없소'하는 표현 방법으로 시작되었다고 한다. 그러다가 보편화되어 서양에서 생활습관으로 정착되었다. 일반적인 예절로는 윗사람이 먼저 손을 내밀어 악수하는 것이 순서이고 이성일 때는 여성이 먼저 손을 내밀 때 상대가 손을 잡는 것으로 되어 있다. 너무 손을 세게 잡는 것도 실례지만 너무 약하게 잡는 것은 상대를 무시하는 것 같은 예절이라 한다.

나는 악수 예절을 어느 정도 무시하고 반갑게 손을 잡기를 좋아한다. 나의 연령 탓이리라. 자주 만나는 사람도 만나서 악수부터 해야 마음이 열린다. 그리고 헤어질 때는 다시 만나고 싶다는 마음의 표시로 악수하고 헤어진다. 요즈음은 난데없이 성추행 혹은 성폭력 같은 용어가 난무하여 진정한 스킨십의 그 참뜻이 훼손되고 있다. 이로 인하여 내가 좋아하는 손 잡기도 이성 간에는 상당히 위축되어 가고 있다. 혹시 오해하지나 않을까, 내 의도와는 아주 다른 느낌으로 받아들이지 않을까 두렵다.

귀촌 후 주민들의 권유로 매주 한 시간씩 이야기하는 노인모임에 참여한다. 노인들에게 이야기한다는 것은 처음에는 상당히 냉랭한 분위기였다. 노인들에게 쉽게 이야기하느라 노력하지만 반응이 시원치 않을 때는 답답하기까지 하다. 그래서 생각해 낸 나의 아이디어는 먼저 노인들이 마음을 열기 위하여 한 분 한 분에게 노화로 싸늘하게 식어가는 손을 잡아주기로 했다. 나의 생각은 대박이었다. 연세가 많아 내가 하는 이야기 내용은 모르지만 열린 마음으로 관심을 집중하게 하는 데는 적중했다. 그리고 마칠 때도 "다시 만납시다." 하는 말과 함께 한 바퀴 돌면서 정성껏 손을 잡아준다. 강의 시작한 지 어언 5년이 넘었지만 손잡아 주는 나의 정성어린 스킨십으로 노인들이 나의 강의 시간을 기다리는 수준으로 정착시키는 데 성공했다.

노인들과의 스킨십으로 나는 그들의 마음을 감지할 수 있게 되었다. 노인들이 반가워 두 손으로 덥석 잡으면 컨디션이 좋은 상태이고 겨우 손을 내밀면 어딘가 불편하다는 것을 감지한다. 운전대를 잡고 오는 동안 차가워진 나의 손을 강의실 앞에 도착하면 나는 몇 번 손을 비벼 냉기를 없애고 손을 잡는다. 때로 노인들도 옷 소매에 손을 넣어 차가움을 피하려는 모습도 보인다. 다른 아무 부담이 없는 분들이기에 마음 놓고 손을 잡는다. 지난해 메르스 전염병이 창궐하여 나라 전체가 소동이 벌어질 때 한동안 위생상 행정명령으로 악수를 중단했다. 한참 지난 후 나는 손 잡는 것을 잊고 강의를 했다. 하루는 강의 도중에 할머니 한 분이 "선상님" 하고 손을 들어 항의했다. 내용은 "이제 메르스도 지나가서 손을 잡아도 되는데 왜 잡아 주지 않느냐"는 것이다. 할머니는 부끄러운 듯 고개를 숙이고 말씀하신다. 장내는 폭소가 터졌다. 나는 깜짝 놀라 사과와 동시에 즉시 강의 중단하고 일일이 손을 잡아 준 후 이야기를 계속했다. 아마 노인들에게는 그 손 잡아 드리는 것이 강의보다 훨씬 관심 있는 일로 스킨십의 중요성을 다시 한 번 깨닫게 되었다.

스킨십 중에서 손을 잡는 악수보다 한 걸음 더 나가 허그hug가 있다. 아마 허그는 약간의 체온까지 교류하는 스킨십의 절정이 아닌가 싶다. 그러나 허그는 이성 간에는 조심해야 할 점이 많다. 성폭행으로 오해할 소지가 있기에 삼가야 한다. 이는 악수보다 훨씬 더 깊은 애정을 나눌 수 있다. 나는 오랜만에 가족들을 만나면 반드시 포옹을 한다. 더구나 내가 살고 있는 시골에까지 찾아와 주는 제자들을 그 고마움 표시로 허그를 한다. 허그는 서로 심리적 안정감을 주고 두려움을 완화해주고 나아가 우울증을 감소하며 스트레스를 줄여준다고 한다. 단지 이성 간에는 오해의 소지를 피해야 한다.

이제 고희를 넘기고 보니 허그에 상당히 자유스러워졌다. 삶에 지친 지인들을 자유스럽게 안아주고 싶다. 나이든 내가 할 수 있는 위로는 그것뿐이다. 귀촌 후 우리 집에서 멀지 않은 곳에 사시는 정착에 성공한 분이 계신다. 상당히 넓은 땅을 갖고 친환경 방법으로 작물을 재배하는 분이라 무엇이든지 믿을 수 있는 분이다. 지난가을, 한 해 동안 나도 먹고 자식들에게 나누어 줄 대추를 주문하고 날짜를 맞추어 방문했다. 어찌나 탐스럽게 잘 건조된 대추를 무게도 넉넉히 주시는지 대추를 받아들고 헤어지는 인사를 하는 중 나도 모르게 그가 말로 할 수 없이 측은해 보였다. 악수보다 안아주고 싶은 충동에 황소처럼 건장한 그를 살짝 안아주고 돌아왔다.

며칠 후 그가 세상 태어나 처음으로 남자에게 안겨 보았다고 당시 어색한 감정을 그의 부인으로부터 반응이 왔다. 나는 그의 부인에게 허그의 중요성을 설명해 주었다. 그처럼 허그는 시골에는 아직 낯선 인사로 인식되어 있음을 알게 되었다. 그 후 한 달 정도 지난 어느 날 너무나 뜻밖의 비보를 받았다. 건장하고 부지런한 그가 사망했다고 하는 소식이다. 그와의 허그로 인한 그의 촉감이 내 피부에 남아 있는듯한 내게 충격이었다. 나는 그와의 이 세상에서 마지막으로 이별 인사를 허그로 하게 되었다. 나도 모르는 영적인 어떤 교감이 있었던가. 내 평생 잊을 수 없는 스킨십으로 기억될 것 같다.

각자 개성을 갖고 태어나 나름대로 살아가고 있는 세상, 인간관계를 맺기 위해서는 마음을 여는 연결 고리가 있어야 한다. 그 연결 고리에 가장 요긴한 것이 피부와 피부가 서로 닿는 악수가 있고 허그가 있다. 서로 담을 헐고 손을 잡아야 한다. 메말라가는 이 땅에 서로서로 스킨십으로 벽을 허문다면 진정으로 평화 깃들 것이다. 너와 내가 손잡아 참 평화가 정착되고 나아가 남북이 손을 잡아 우리의 소원인 평화통일이 이루지는 그날을 기대한다.

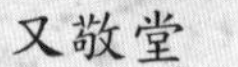

임정남

바람의 속삭임이 들려오는 곳

이렇듯 만남의 인연으로 살고 있는 우리

- 시 -

골목길을 걷다보면

부채

연둣빛 바람

청춘이여

들불처럼 번져 나가는

P R O F I L E

『문파문학』 시 부문 신인상 당선 등단

국제 펜클럽, 한국문인협회 용인지부 회원

문파문인협회 상임이사, 시계문학회 회장 역임

수상: 제2회 시계문학상, 저서: 시집 『비로소! 보이는 것은』 외 1권

골목길을 걷다 보면

차가운 벽돌 사이사이
퀴퀴한 냄새가 스멀스멀
고향스러운 친근함에
하늘로 삐죽삐죽 키가 더 커진 늙은 나무

긴 세월에도 변함없이 제자리 지키는
저물녘 돌담길 그림자 길게 늘어뜨린
주홍빛으로 물드는 환상적인 풍경이 보인다

강렬한 햇빛 사이
서늘한 바람이 키우고 간 텃밭에
빨강 고추가 주렁주렁
두터운 그늘에 들고양이
기지개 켜며 날을 새운다

그 옛날
지붕 위에 매달린 박 오랜 세월 흔적을 품고
푹 삭은 이엉 냄새는 향긋한 향기를 느끼게 하고
한적한 골목에 울컥한 그리움을 삭히고 있다

부채

대나무와
종이가
몸을 맞대
바람을 낳았다

옛날에는
함부로
쓸 수 없는
신분의 표식
서화書畵가 두루 담긴
풍류의 상징이었다

사람들의
시선을 피하기도
가리개 역할도
대중적 패션리더로
살아왔다

올봄

부채는

바람을 빌려

떠다니는 구름을

시방세계에서 초대하여

칠순七旬 잔치를 하였다.

연둣빛 바람

햇빛 따사하고 상큼한 아침나절
분홍 운동화 신고 봄바람 친구 하며
소풍 떠나는 길섶에
연하게 물기 오른 토실한 나무
어제보다 오늘 더 통통해진 꽃망울
아가의 입술같이 탱탱하다

차창으로 비쳐지는 시골농가의 푸근함이
멀리서 물감처럼 보이는 연둣빛 수양버들
그리움이 짙어가는 조용한 시간
절절히 베어드는 가슴속의 봄
붉은 양귀비꽃 절정이면
연두는 서서히 침몰한다는

계절은 걸작의 미술품을 전시하고
동화 속 배경으로 등장하는 그림처럼
풍경 사이 예술이 옹기종기 지나가고 있다

키 커진 여행자의 봄

주홍빛 하늘이 화려한 노천카페에서

너와 내가 높은 목청으로

목가적인 바람 노래 부르며

엄지를 힘껏 세워본다

청춘이여

꽃보라가 넘치는 계절도 지나고
요란하게 꾸미지 않아도 화려한
무성한 푸른 잎은 넘실거리는데…

나, 작은 나뭇가지에 원두막 짓고
요란하고 풍성한 저녁밥 지어 먹고
매일 밤 재미있는 글도 많이 쓰고
올망졸망 삐걱빼걱 잘도 살았다

늘 그리운 봄은 아득하다 생각할 때
물안개에 달빛이 뿌옇게 퍼지고
한낮엔 꽃 무리 반사되어
자줏빛으로 불타오르고

해 넘어가는 저녁놀은 산홋빛인데
푸른 육신은 세월 앞에 무너지고 있지만
늙어 쭈그렁한 나무는 황홀한 그림을
세상에다 자꾸자꾸 그려댄다

스무 살은 추억을 쌓고
봄 밤이고 오는 앞산 그늘은
이야기를 짊어지고 오지만
그림 같은 푸른 영혼은 찾아오지 않아
살아 숨 쉬는 매 순간
내일 모레쯤 만날지도 모르는
그대 이름을 상상해 본다

들불처럼 번져 나가는

어느 날
우연히 구슬픈 연주곡을 들었다
어찌
그토록 오묘한 소리가
신비할 따름이다

온몸에 전율이 일고
저음과 고음이 동시에 흐르는 듯
울부짖음 같기도
모진 바람에 섞인 외침이었다

오가는 바람에 실려
산산이 부서지는 고독이
눈앞에 아득히 펼쳐지는 듯

사실을 망각한 채
하염없이 어디로 떠나가고픈
가방 하나가 들썩 인다

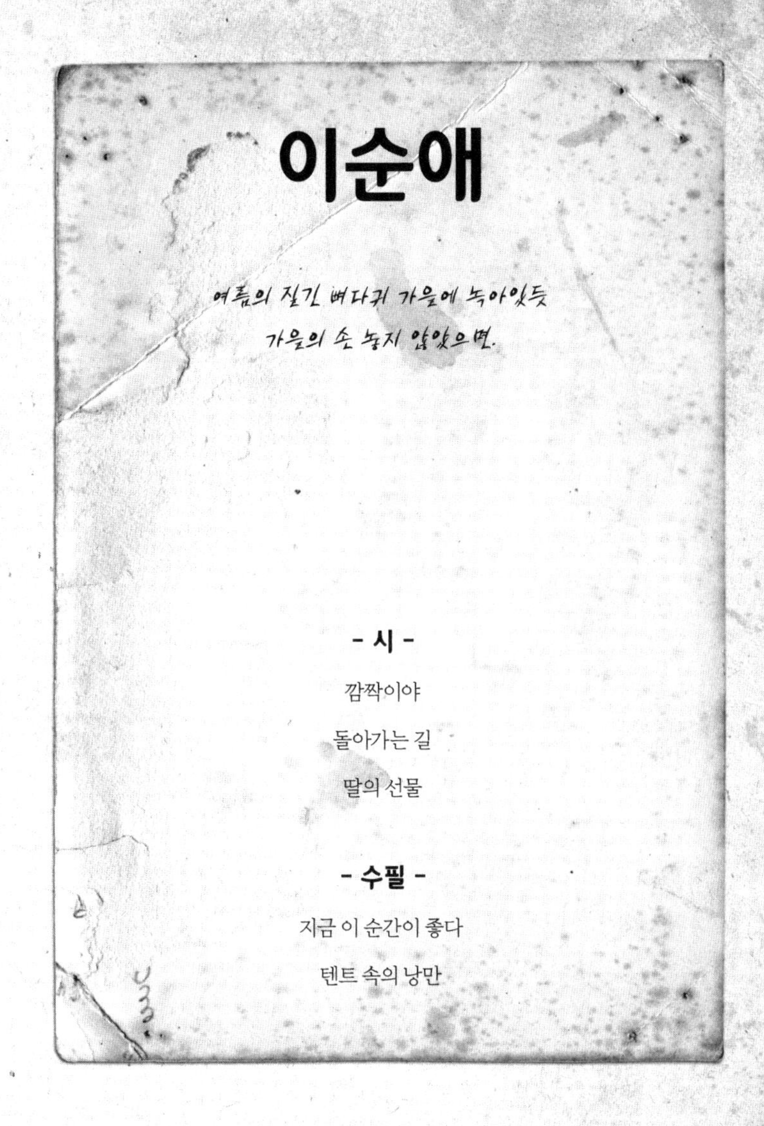

이순애

여름의 질긴 뼈다귀 가을에 녹아있듯
가을의 손 놓지 않았으면.

- 시 -

깜짝이야

돌아가는 길

딸의 선물

- 수필 -

지금 이 순간이 좋다

텐트 속의 낭만

P R O F I L E

한국방송통신대학교 국어국문학과 졸업, 문화교양학과 졸업, 교사 역임, 독서 지도사, 건축가
『문파문학』 시. 수필 부문 신인상 등단. 한국문인협회 동인지문학연구위원회 위원
문파문학회 운영이사, 시계문학회 회장역임, 방송대문학회 부회장역임
저서: 공저 『바람이 창을 두드릴 때』 외 다수

깜짝이야

이른 아침
부추 베러 가려고
밤새 눕혀 놓았던 장화
털어 신었다
오른쪽 발가락
뭉실뭉실
꺼끌꺼끌
거꾸로 탁 털었다
깜짝이야
엄지손가락만 한
시커먼 거미
저도 놀랐는지
비실거리며 황급히 도망친다
하마터면 죽을 뻔했다고
재수 좋았다고
뒤도 돌아보지 않는다

돌아가는 길

단풍처럼 곱게 물들지 못하고
가랑잎보다 더 바스러져도
아름다웠다 말하자

실개천 한 줌 보태는
가랑비
분수 되어 피어올랐다
폭포처럼 솟구치기도 했다 생각하자

잎 떨군 나무 봄 햇살에
물오르는 새순처럼
또는 산골짜기 이곳저곳
흐드러지는 안개 같이 돌아가는
이 길

꿈같은
길

딸의 선물

손뜨개 옷이다
촘촘한 거미줄 같은 곳에
바깥쪽의 눈이
안쪽의 눈을 바라본다

두 눈이 끈적하게 거미줄에 붙고
간격과 간격에서 마주쳐
조롱조롱 물방울 맺힌다

삼복더위에 상큼한 바람으로
피어오르는 꽃잎 사이사이
침묵의 무게 샘솟아 넘치는데

오직 한 가지만 생각하며
의미를 새기고 싶었다는
딸의 말
지구의 밑바닥에 출렁인다

거미줄처럼 하늘거리고

대바늘처럼 가느다란 손끝

맴돌고 돌아

헤아릴 수 없는 숫자로 되돌아오는

내면의 솜씨까지

섬섬옥수纖纖玉手

지금 이 순간이 좋다

잠이 오지 않는 이 시간이 좋다. 나의 존재를 알 수 있는 시간이다. 온 세상이 캄캄하고 고요한 어둠의 창을 열고 밖을 내다본다. 기다렸다는 듯 까만 밤의 눈동자 같은 하얀 꽃댕강의 향기가 거실이 터져라 밀치고 들어온다. 그 밑에서 깊어가는 가을노래로 밤을 새우는 귀뚜라미와 여치가 함께 노래하자며 밤이슬에 촉촉이 젖은 손을 내민다. 앞바다의 등대는 쉴 새 없이 깜빡이며 나의 생각이 가는 길을 밝혀주는 기쁨의 이정표다. 등대는 언제나 혼자이고 힘든 삶이어도 누군가를 위해서 존재한다는 생각에 외롭지 않다고 메시지를 보내온다. 나도 자신을 돌아볼 수 있는 지금 이 순간이 행복하다고 대답한다.

삶은 참으로 아픈 것이었다. 배에는 한 뼘도 넘는 세 개의 흉터가 그 아픔을 말해 준다. 목과 허리디스크, 심근경색에서 부정맥으로, 암과 당뇨지만 위가 나빠 약을 먹기 힘들다. 자다가 숨이 막혀 일어나 삼십 분, 한 시간씩 뒹굴고 나면 가라앉기도 했다. 삼십 대의 젊은 청춘을 앗아가려는 듯, 일으키고 눕혀야 하는 중환자였다. 그때마다 많은 눈물이 비 오듯 했다. 그것은 아프거나 슬픔에서가 아니라 감사의 눈물이었다. 이토록 아파도 죽지 않고 나 자신과 누군가를 위해 살아있고 일 할 수 있으니 지금 이 시간이 축복이라는 생각에서였다.

삶은 인내와 용기로 극복한 결과물이다. 남의 힘을 빌려 현장에 짐짝처럼 옮겨진 후 종일 누워서 감독하고 건축을 마친 것이 한두 해가 아니었다. 정신이 있는 한 쉬어야겠다는 것은 용납되지 않았다. 멈칫거릴 시간이 없었다. 젊음이 있고 햇살 같은 자식들 삼 남매가 품 안에 있었기에 가능했다. 부모와 주위의 모든 사람들은 나를 견딜 수 있는 힘이 되었다. 현장에서의 인부들까지 소중한 만남의 인연이어서 나의 기쁨으로 이 순간이 좋다는 생각이 크게 다가왔기 때문이다.

정신과 육체는 태풍의 나뭇잎과 같다. 몹시 휘둘려 아슬아슬 위태롭고 마음은 상처투성이가 된다. 그렇다고 생명줄을 놓아버릴 수는 없다. 안간힘으로 나무를 붙잡고 견디다 보면 태풍은 사라진다. 그런 위기를 겪은 후에 나무는 소중한 잎들을 끌어안고 힘차게 자라 열매를 맺는다. 튼실한 열매를 볼 때 이 시간이 참으로 좋다는 생각을 하게 된다. 삶은 육신과 마찬가지여서 "아프다 아프다." 라고 노래하듯 입에 달고 살면 '이 순간이 좋다'는 생각은 등을 돌려버리고 아픔만 남겨 주는 것이다. 삶이고 육신이고 좀 아프면 어떠랴. 죽기 아니면 살기고 살아 있으면 감사한 것 아닌가. 차라리 죽는 게 낫다는 생각 안 해 본 사람 있던가. 그러나 어제 죽은 사람에게 물어보라, 얼마나 살고 싶어 했는지를. 어려운 시간이 지날수록 지금이 좋다는 때가 온다.

병은 한번 오면 쉽게 떠나주지 않아 함께 사는 것이다. 디스크에 암과 당뇨가 현재 진행형이지만 육십 대 중반에 공부를 시작해 칠십 대까지 한다. 밤새 앓느라 잠을 설쳐도 낮에는 언제 아팠느냐는 듯 독하게 공부한다. 시도 때도 없이 졸리고 운전하다가도 갑자기 자고 시험 보다가 자고 있어 시험 감독은 옆에 와서 "10분 남았습니다." 하고 깨운다. 병을 이길 수는 없지만 절대 절망하지 않는다. 덴마크의 사상가 키에르케고르는 죽음에 이르게 하는 병은 절망이며 그것은 죄라고 했다. 육신의 병이던 마음의 병이던 이기려고 하면 이길 수 있다. 무엇이든 한번 시작하면 죽어도 하고야 만다. 목숨이 아깝지는 않지만 하고 싶은 것을 못하는 게 아깝다. 아플수록 성숙해진다. 남의 아픔을 이해하게 되고 굶어 본 사람이 남의 배고픈 사정을 알듯이 말이다. 그래서 아픈 시간도 축복으로 지금이 좋다.

삶이 아픈 것이 아니라 내가 삶을 아프게 하는 것은 아닐까. 하루도 밤과 낮이 있듯이 삶은 슬픔과 기쁨이 공존한다. 슬픔을 기쁨으로 변화시키는 것은 다른 사람이 아닌 바로 나여야 되겠지. 누가 낮을 좋아하고 밤은 어둡다고 탓할 건가. 밤은 내일에 빛날 태양을 품고 있다. 밤을 헤쳐 나가 작은 일에도 '성공이다'라고 자부심을 갖는 것이 필요하다. 바로 지금이 좋다는 생각 말이다. 거기에는 감사가 따르고 축복된 삶이 보장된다. 나만을 위해서가 아닌 누군가를 위해 함께 사는 삶일 때 지금이 좋다는 결과는 분명 하다.

텐트 속의 낭만

'캠핑'이라는 말은 마음을 들뜨게 한다. 온갖 생각들이 달려와 즐거움을 더해 움찔거리게 만든다. 무겁던 마음도 가볍고 톡톡 튀게 하며 거기에 어떤 곡이라도 붙인 문장을 노래로 이어 나가고 싶다. 삼복더위에 열섬효과까지 겹쳐 밤잠을 설친다고 야단들일 때 매일 밤 캠핑을 하면서 탠트 속의 낭만을 펼친다. 새가 나는 공간과 바람에 안긴 구름, 별이 머리에 이고 있는 하늘이 다 내 것 같은 기분에 보이지 않는 감사에 대한 감사를 한다.

일층에 상가가 있는 3층 집을 지었다. 옥탑 사이 다섯 평정도 남은 공간에 데크(나무)를 깔았다. 4층인 셈인데 그곳에 텐트를 쳤다. 지붕은 넥산(프라스틱 류)으로 되어 비가와도 들이치지 않는다. 양쪽 벽면 위가 뚫려 있어서 뒷산에 서성이다 해가 지기를 기다리던 바람이 노래하며 달려온다. 한밤중 사방이 고요해지면 앞 냇물 소리가 남은 더위를 마저 몰고 간다. 달빛 둘레의 별들이 시골 이웃들처럼 서로 신호를 하며 왔다 갔다 마실을 다닌다. 별마다 기웃기웃 들여다보면서 사람들처럼 서로 다른 별들의 얼굴을 살피다 잠이 든다.

비 오는 날은 낭만의 절정이다. 시끄럽던 빗소리는 차츰 익숙해지면서 크고 작은 빗방울 소리가 요란한 듯하지만 화음을 맞춘다. 바로크음악*의 전성기를 이룬 작곡가 비발디나 바흐가 있었다면 또 다른 '비 오는 날의 협주곡'이 나왔을 법하다. 발전하지 못한 두뇌의 한계를 탓한다. 오선지

위의 춤추는 음표를 읽을 수 없고 심오한 감동이 되지 못하는 글임을 안타까워하며 텐트 속의 낭만으로 묻어둔다. 언젠가는 흐르는 물소리가 바람을 일으켜 세워 작은 풀꽃으로라도 피우게 되기를 기도해야지.

한 더위가 지나고 있다. 입추와 처서가 한 날이더니 아침저녁 바람이 땀방울을 거두어간다. 방에서 잠이 들지 않아 뒤치락거리다 얇은 이불을 가지고 텐트 속으로 들어가 본다. 여름의 체취가 남아 있어 지나가는 세월을 붙잡고 있는 듯한 착각이 든다. 그래 아직은 너를 놓지 않을 거야. 땀이 물 흐르듯 하는 더위는 보내주고 '세월' 너만은 함께 하자고 중얼거리며 입가에 흐르는 미소를 주워 베개 위에 눕힌다. 한 치 남은 미련 때문에 텐트를 쉽게 걷지 못한다.

결국엔 손에 잡은 듯하던 세월을 놓치고 만다. 푸른 잎을 노랗게 물들이는 비가 내린다. 폭염을 뚫고 질주하던 빗줄기와 달리 은행잎을 붙잡고 이별의 슬픈 연가를 부른다. 가을비는 뜨거운 사랑이 식어진 영혼의 손놀림처럼 힘이 없다. 바람의 숨결은 점점 거칠어지고 텐트 속의 낭만이 퇴색해진다. 책갈피에 꽃잎을 하나하나 넣어 다독이듯 여름이라는 계절을 텐트로 감싸 차곡차곡 접어둔다. 무성한 나뭇잎이 햇살에 반짝이며 웃음을 터트릴 때 여름을 찾아 새로운 감성을 펼치리라. 다시 돌려주신 텐트 속의 낭만에 감사드리며.

* 바로크음악: 바로크(baroque)란 '일그러진 진주'라는 뜻의 포르투칼어에서 비롯되었으며 1600년경부터 1750년경까지의 음악 양식을 말한다. 퇴폐적 경향으로 인식되어 그런 이름이 붙었으나 19세기에 들어서 정당한 대접을 받았다. 현대에서는 격조 있고 중후한 기품을 갖춘 음악예술로 인정받았다. 음악과 극을 연결한 오페라의 시초가 된다. 종교극 오라토리오가 생겨났으며 칸타타, 수난곡, 소나타, 푸카 등의 악곡이 연주되고 기악과 성악이 함께 발전한 시대이다.

김옥남

단풍들의 옅은 숨소리 들으며
깊은 가을을 향해 달려가는
시간 속에서 서 있다

- 시 -

선물

바램

가짜양반

시크릿

천둥소리

P R O F I L E

『문파문학』 시 부분 신인상 당선 등단,
한국문인협회 문인저작권옹호위원회 위원, 한국문인협회 용인지부 사무차장
용인문인협회 공로상 수상(2013년), 문파문학 감사, 시계문학회 회원
공저: 『바람이 창을 두드릴 때』,『2011년 문파대표시선』 외 다수

선물

쿵덕
쿵덕
심장에서 요동치는 파도
멈추지 않는다
내 곁에 머문 선물
그것은 우주의 설렘이다

스마트폰으로 날아온 동영상
순간 숨이 멎는다
누구에게나 오는
누구에게나 오지 않는
그래서
더 반갑다
아장아장
내 곁으로 걸어오고 있다

푸른 숲 사이 햇살
활짝 꽃이 핀다

바램

유난히 단풍이 곱다
낙엽 타는 냄새 온몸에 스며들고
허공에서 허우적거리는 가을
가뭄에 허덕이고 있는 나무
헤아릴 수 없는 긴 시간
물길 찾아 아래로 뿌리를 뻗어 보지만
뿌연 먼지 안개 속이다

생채기 난 가슴으로 무릎 꿇고
간절한 소망 하늘 위로 쏘아 올린다
기억 저편에 남아 있는 첫사랑의 닮은꼴이
아니어도 괜찮다
낙엽 태우는 연기처럼 금방 사라질지라도
이 가을이 가기 전 국화 꽃잎으로
진하게 우려낸 차 한 잔의 여유
마주 앉아 나누고 싶다

가짜양반 -양반전 공연을 보고-

강원도 정선
도적이 되기보다 상민으로 살려는
양반가면 벗어던진 가짜양반
햇볕 뜨겁게 내리쬐는 정선 아라리촌
박지원* 꾸짖는 소리 허공에 흩어진다

돈뭉치 마구 날려 여의도 입성
그곳에만 가면 눈멀고
귀머거리 되는 이상한 증세
사람들의 조롱 소리
곳간에 숨겼나
당최 그 속을 알 수 없는 가짜양반들-

섬 아닌 섬 여의도
시리도록 맑은 하늘
엽전꾸러미 앞세워
양반입네 하는 사람들의
헛기침 소리 가득하다

---

* 박지원(朴趾源, 1737. 3. 5~1805. 12. 10): 조선 후기의 문신, 실학자이자 사상가, 외교관, 소설가이다.

시크릿

알수없는먹구름

알것같은먹구름

이유모르는눈물

이유알듯한눈물

머물러있는아픔

그대는아시는지

가슴에고인눈물

왜쏟아내야하는지

천둥소리

마른하늘이 운다

숯검댕이 되어버린 가슴

천둥소리에 묻혀버린 시간

비틀어진 그림자

밀어내고 밀어내어도

멈춰지지 않는 눈물

하늘이 울고 있다

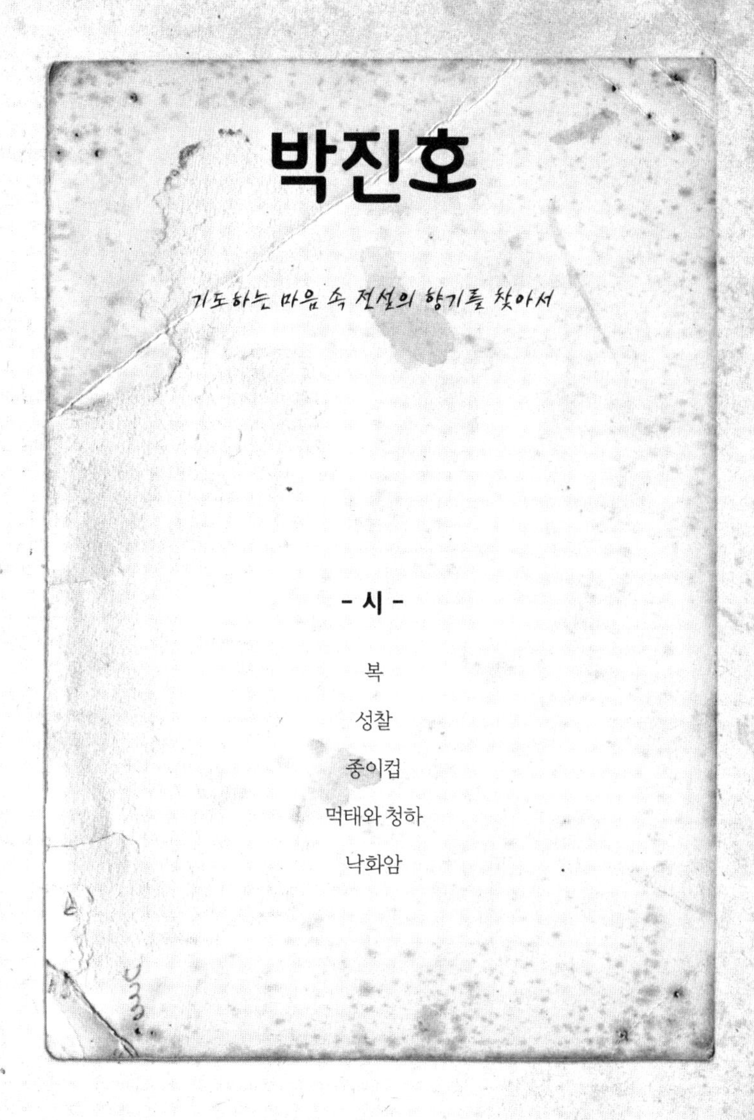

박진호

기도하는 마음 속 전설의 향기를 찾아서

- 시 -

P R O F I L E

국제펜한국본부, 한국문인협회 회원
문파문학회 운영이사, 한국카톨릭문인회 간사
동국문인 회원, 시계문학회 회원

복福

장독대의 정화수 담긴 놋그릇 앞
큰절 올리시던 어머님 정성

오랜 세월의 질곡 아래
부단히 캐어 온 환한 등불일까
가난에도 단란한 가정 이루네

오르는 달님 기쁨처럼
하루하루 쌓아 온 어머님의 기도

성찰

온전한 잔 비울 때와
깨진 잔에 부을 때 느끼는 것

나무 그늘 아래 앉아 볼 때와
메아리 만들며 울부짖을 때의 차이

고독과 외로움이라는 차이는
묻고 움직이는 평안 추구와
움직이고 후회하는 욕망의 차이

기도하는 순간
외로움이 고독으로 바뀔 거예요

종이컵

평생 한 여정을 거쳐 온
태생은 나무라는

순결을 조용히
포장하고 기다리는

농밀한 블랙커피
순수한 물

처음 담겨져 쓰이는
성품의 표현

먹태와 청하

여름휴가 끝의 칠석날
오작교의 만남 후
까치와 까마귀가 힘들어
먹태가 되었다는 농과
은하수 눈물을 담은
청하라는 설 속에
반상의 상이 되었다는 데

기쁨과 슬픔이 어우르는
깊은 마음의 그리움 펴 올려
옥황상제의 노를 풀려
올리는 상차림이다

낙화암

백마강 나룻배 석양에 슬프다
벼랑에 핀 고란초 제문을 낭한다

백화정 굽어보는 절벽 아래 버들꽃잎
삼천궁녀의 넋 기리는가

소정방에 유린 된 백제인의 정령
민족의 횃불 이어가는 힘 되어

고란사 목탁소리 낭랑히
억겁의 미래로 펴져간다

박옥임

아직도 숲이 머뭇대며 가을꽃을 피우질 못해
저 푸른 창공은 무어라 할까
이상한 계절을 보며

- 시 -

P R O F I L E

『문파문학』시 부문 신인상 수상 등단
한국문인협회 회원, 문파문인협회 운영이사
시계문학회 부회장
저서: 공저『그랬으면 좋겠다』외 다수

겨울 나무

화려했던 시간
바다에 썰물 빠지듯
멈칫거림 없이
떠나가고
가진 것 다 내려놓고
손끝 오그라지는
가난이 왔어도
두 발 깊이 박고 서서
차가운 공기
덧입으며
참고 견디리라
옯게 피어날
아지랑이 기다리며

그 순간

들린다
밝은 새소리
귀를 두드리고 지나간다

까마득한 절벽 앞에 선 듯
마음을 잡고 있는 어둠
생각이 고립당해
사방이 막혔고
찾지 못한 출구를 향해
방황하다
마음이 어둠을 잡고 있음을
깨닫는 그 순간

들린다
소리가 들린다
귀도 생각도 뚫린다

그냥 또 그렇게

하늘 한없이 높아지고
달도 높이 뜬다

안타까이 소리치던 매미
울음 끊고 조용히 사라지고
그 자리 귀뚜리 울음으로 채워지다

짝을 찾으며 애절히 노래하고
사랑하고 그냥 또
그렇게 사라져가도

순리에 수긍하며
순종하는 저 태연함

내 마음 무위의 동굴 되어
헛헛하다 아픈 듯 들쑤시는 소란함
담담히 마주한다

달집 태워 보자

산사 아래
넓은 마당
튀어 오르는 불길

화다닥 탁 탁
황홀하고 기운차게
바람 따라 모습 바꾸며
마음껏 춤추다
스르르 소멸되어가는
저 불꽃

바램은 하늘로 올리고
기다림은 아래로 내려
땅 위에 눕는다

화알활 타는 불길에
빨개진 얼굴들
환히 빛난다

바다 곁에서

회색 개펄에
텅빈 하늘이 앉아있고
그 쓸쓸함이 스며든 내 마음은
하늘과 물금이 만난자리에 걸리었다

외로움 앞세워 밀려오던 파도
개펄의 모난 돌들 쓰다듬고
산자락 촉촉이 적시다
무색의 공허를 끌어안고는
하얗게 포말 남기며
먼 수평선으로 끌고 간다

편안해져 보라고

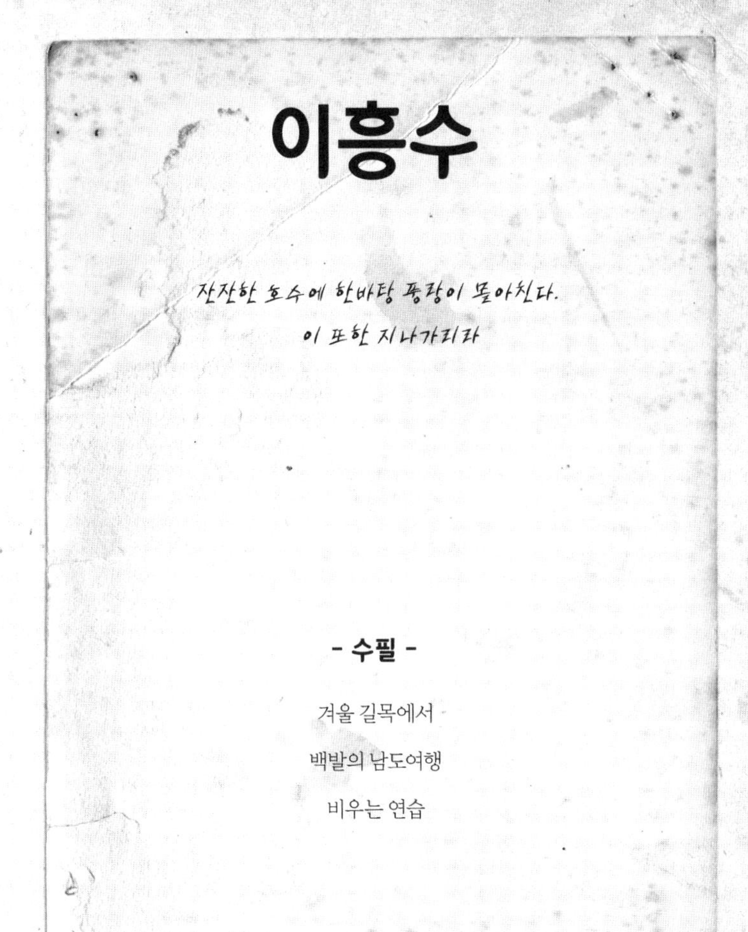

P R O F I L E

동국대학교 국문학과 졸업, 중등학교 교사역임
『문파문학』수필 부문 신인상 수상 등단
한국문인협회 회원, 문파문인협회 운영이사, 시계문학회 부회장
저서: 공저『순간』외 다수

겨울 길목에서

갑자기 영하로 내려간 기온에 정신이 번쩍 든다. 단풍이 여러 날 된 몸살을 앓고 조용히 내려앉은 자리에 어느새 하얀 눈이 소복이 쌓였다. 가는 계절을 미처 배웅할 사이도 없이, 오는 날들을 맞이할 준비로 몸과 마음이 분주하기만 하다. 극심한 가뭄으로 애태우던 농민들은, 생각보다 잘 무르익은 과일과 알찬 곡식들을 갈무리하는 손길이 빨라진다. 겨우내 가족들을 부양할 음식을 장만하느라 주부들도 겨울 길목은 어느 때보다 힘들고 바쁜 나날을 보내고 있다.

매서운 바람과 함께 해마다 이맘때는 입시 한파까지 몰아친다. 수능 시험을 치르는 날은 온 나라가 떠들썩하게 배려하고 응원하는 진풍경이 벌어진다. 수험생을 둔 부모들은 자식들이 그동안 쌓아온 노력을 최대한 발휘할 수 있도록 모두가 기도하는 마음이 된다. 90년대 초 베이비붐으로 쏟아져 나온 수험생들 속에 우리 아이들은 혹독한 입시 전쟁을 치러야만 했다. 그때는 대학입시만 무난히 통과되면 별다른 걱정이 없을 것 같은 심정으로 아이들 마다 최선을 다해 매달렸다. 그 후 입시에 관한 정보는 별로 알고 싶지도 듣고 싶지도 않을 만큼 관심에서 멀어져 갔다. 사람들이 살아가는 길은 한 문제를 해결하면 또 다른 강도 높은 문제가 늘 기다리고 있기 때문이다.

시간은 물처럼 쉼 없이 아래로 흘러 한 세대를 교체시키고, 올겨울 길목에는 부산에 있는 손녀가 고등학교 입시를 치르게 되었다. 귀엽기만 하던 재롱둥이가 무엇을 아는지 목표를 향해 3년 동안 끈질기게 노력하였다. 다니는 중학교의 명예를 걸고 도전해 보라는 선생님들의 권유로, 용인에 위치한 자율형 사립고에 원서를 제출하고 면접을 보았다. 막상 합격자 발표 날은 만감이 교차했다. 자식의 입시 발표를 기다릴 때보다 더 애가 탔다. 어린것이 실망하는 안쓰러운 모습은 도저히 견딜 수 없을 것 같았다. '하나의 문이 닫히면 또 다른 문이 열린다.'는 명언을 떠올리며 만약 불합격이면 어떻게 위로와 용기를 줄 수 있을까? 생각만 해도 가슴이 저렸다. 손녀의 첫 꿈이 꼭 이루어지기를 간절히 기도했다. 합격 소식은 컴퓨터 접속이 폭주하여 예정 시간보다 한 시간이나 늦게 듣게 되었다. 감사의 기도가 저절로 나왔다.

아직은 겨울 길목인데 성급한 눈발이 종일 소리 없이 내린다. 아파트 전체가 갑자기 정전까지 되는 바람에 거실 창밖을 내다보니, 온 동네가 하얗게 변해 버렸다. 하늘하늘 하얀 나비 떼 같은 눈발이 헤아릴 수 없이 떠다니는 희뿌연 시야 사이로 간간이 물체가 보인다. 나무마다 가지가 휘청거릴 정도로 눈이 쌓였고 오가는 사람들의 발길이 뚝 끊어진 적막한 겨울 풍경이다. 베란다 창가에 수시로 앉아 지저귀든 새들도 자취를 감췄다. 오늘같이 춥고 눈 오는 날은 어디서 배고픔을 달래고 고단한 날개를 쉬고 있는지, 새들에게도 겨울은 힘든 계절이다. 조용하든 거실에 전화벨이 요란하게 울린다. 부산에 사는 큰 딸이다. 손녀의 입시를 한바탕 치르고 나니 새삼 지난날 저희들의 입시 때를 떠올리며 감사하다는 말을 전한다. 자식이 부모 노릇을 해보지도 않고 어떻게 부모의 마음을 온전히 알 수 있었겠는가. 지금이라도 감사를 표시하니 고마울 따름이다.

서서히 눈이 그치려는지 시야가 조금씩 밝아진다. 문득 얼마 전 서설瑞雪 속에 가신 전직 대통령이 생각난다. 한평생을 오로지 민주화에 헌신한 발자취를 기리며 온 국민이 애도를 표했다. 세상에 태어난 모든 자연은 자기의 의무를 다하는 날 어김없이 본향으로 돌아간다. 새삼 예외가 없는 엄숙한 질서에 저절로 마음이 숙연해진다. 눈 감으면 아련히 떠오른다. 아지랑이 속에 새싹이 올라오는 봄, 태양의 열기로 무성한 여름, 서늘한 바람 속에 붉게 익어 가는 가을, 이별의 아픔을 딛고 지나간 시간을 돌아보며 새 삶을 준비하는 겨울 길목은 깊은 침묵에 잠긴다.

백발의 남도여행

강산이 자그마치 네 번 변하고도 7년이란 시간이 흘렀다. 생각하면 가물거리는 수평선을 바라보듯 아득한 날들이다. 저마다 꿈을 안고 어렵고 힘든 시대를 인내하며 한 교정에서 4년간 함께 공부하던 동창들이다. 졸업 후 각자의 위치에서 바쁘게 살아가느라 서로 만날 수도 없었다. 중년에 언뜻 자리를 마련하여 몇 사람이 서로의 안부를 확인한 후 가뭇없이 시간은 또 지나가 버렸다. 지난해부터 한 친구의 적극적인 주선으로 백발이 된 몇 명 남녀 동창들이 만남을 시작했다.

광주에서 오랫동안 교편생활을 하다 퇴직한 동창 친구가 있다. 봄이 되자 남도의 아름다운 봄소식을 카톡에 올리며 한번 내려오기를 소망했다. 오월 마지막 주 금요일 각자 가까운 터미널에서 출발하여 오전 11시 30분까지 광주 터미널에서 만나기로 했다. 분당 야탑 터미널에서 8시에서 출발하는 광주고속을 탔다. 가는 도중 카톡으로 서로 어디쯤 가고 있는지 확인하느라 까똑까똑 소리가 연신 울렸다. 백발이 되어도 친구들을 만난다는 기대는 젊은 사람들 못지않게 설레는 모양이다. 같이 모여서 떠나는 것보다 도착지에서 만남은 또 다른 여행의 새로운 맛을 느끼게 한다. 약속 시각이 되자 머리가 희끗희끗한 친구들이 편한 복장을 하고 하나둘 터미널에 반가운 모습으로 나타났다.

두 대의 차에 나누어 타고 광주의 친구가 구상한 여행 코스를 따라 맨 먼저 화순 운주사에 들렀다. 잔잔한 시골 평범한 산자락 가운데 여느 사찰과 달리 천왕문과 사천왕상도 없는 한눈에 보아도 신비한 느낌을 풍기는 절이다. 고려 중기에 조성되었다는 운주사는 동국여지승람에, 절 좌우 산등성이에 1,000개의 석불과 1,000개의 석탑이 있다고 기록되어 있다. 대웅전을 가는 양옆으로 지금은 석탑 12기와 석불 70기가 계곡과 산자락, 여기저기 각기 다른 개성을 가지고 사람들의 눈길을 끌고 있다. 산 정상에 있는 와불은 길이 12m, 너비 10m의 바위에 부부가 나란히 누워 있는 모습의 조각이다. 이 불상을 일으켜 세우면 세상이 바뀌고 1,000년 동안 태평성대가 계속된다는 민초들의 소원이 담긴 운주사의 대표적인 불상이다. 평일이라 조용한 절간 안채 담벼락엔, 꽃양귀비들이 비구니 스님들의 절개인양 유난히 붉게 피어 있었다.

숙소로 가는 길에 조광조의 제자 양산보가 기묘사화로 낙향하여 10년 동안 가꿨다는, 대표적 민간 정원인 담양 소세원을 둘러보았다. 예전에도 몇 번 온 적이 있어 낯설지가 않고 반가웠다. 여전히 자연과 잘 어우러진 광풍 각 정자에 걸터앉아 조선 중기 선비의 고고한 품성과 절의에 대해 생각해 본다. 젊은 나이에 역사의 소용돌이를 피해 자연을 가까이하며 미래를 준비한 놀라운 지조다. 주위가 아름다운 정자를 가꾸고 개방하여 호남의 많은 학자들이 학문을 토론하고, 창작 활동을 할 수 있는 산실을 제공한 선비 정신이 돋보인다. 일찍이 관직의 무상함을 깨닫고 출세의 욕심을 버리고 청렴하게 살다간 선비의 삶에 절로 고개가 숙여진다. 그때나 지금이나 정치는 언제 어느 때 태풍으로 변할지도 모르는 바람 같은 존재가 아닐까 생각해 본다.

하루해가 뉘엿뉘엿 기우는 낯선 고장 창평 오늘 하루 묵을 숙소로 가는 길이다. 인적이 드문 고즈넉한 한옥동네에 돌담을 끼고 소리 없이 맑은 실개천이 흘러가고 있다. 구불구불한 고샅길은 마치 어린 시절 외가를 찾아가는 듯한 느낌에 마음이 한없이 따뜻해진다. 예약한 고경명 후손이 살고 있는 고택에 들어서는 순간 친근한 한옥구조가 눈에 들어왔다. 사랑채에 계시는 할아버지께서 헛기침을 하시며 금방이라도 나오실 것 같은 착각이 들었다. 한참을 멍하니 서 있는 사이 담장에 넝쿨진 하얀 인동초꽃 향기가 은은히 바람결에 퍼진다. 각박한 도시에서 잊고 살았던 옛것의 향수가 가슴 뭉클하게 다가온다.

숙소에 짐을 놓고 창평에서 가장 오래되고 맛있다는 장터 돼지 국밥집을 찾아갔다. 좁은 시장 골목 소박한 식당에서 국밥과 돼지고기 수육을 곁들여 늦은 저녁 식사를 했다. 구수한 사투리와 푸근한 시골 인심에 백발의 친구들이 한껏 너스레를 풀어 놓았다. 밤이 이슥한 시골길을 친구들과 함께할 수 있는 여유로움과 편안함은, 처음으로 나이가 들어감이 꼭 나쁜 것만 아니라는 생각을 해보았다. 4학년 때 졸업 여행을 가 본 후 처음으로 함께 온 여행이다. 함께한 소설가, 시인, 수필가, 경영인, 전직 교수, 교사, 등이 숙소에서 청문회처럼 사회자가 한 사람씩 질문을 하고 소신껏 대답하는 시간을 가졌다. 살아온 이야기, 가장 기억에 남는 여행지, 학문에 대한 이야기, 글쓰기의 어려움과 유형에 대한 이야기, 등이다. 흉허물 없이 나누는 진솔한 대화에 모두 밤이 깊어 가는 줄을 몰랐다.

돌아오는 날은 푸른 오월의 섬진강 줄기를 돌아 구례 사성암 가파른 길을 버스를 타고 올라갔다. 굽이굽이 올라가는 길 숲에 산딸나무 꽃이 마치 눈송이를 맞은 듯 하얗게 피어있다. 백제 성왕(22년)에 연기조사가 세웠다는 사성암은 해발 500m의 오산에 있는 암자다. 원효, 의상, 도선, 진각, 등 네 명의 고승들이 수도했다 하여 사성암이라는 이름이 붙여졌다는 기록이 있다. 가파른 절벽 위에 자리 잡은 암자는 섬진강 너머로 구례 시가지와 지리산 자락이 한눈에 들어오는 빼어난 경치다. 한곳이라도 더 보여주고 싶어 하는 광주 친구의 성의에, 모두 1박 2일을 숨 가쁘게 소화하는 저력을 보였다.

올 때처럼 각자 종착지의 차 시간표에 따라 출발했다. 긴장이 풀렸는지 서서히 피곤이 몰려온다. 3시간 30분가량 오는 동안 잠시 나이를 잊고 이야기꽃을 피우든 장면들이 하나씩 떠오른다. 이십 대에 만난 동창들의 뇌리엔 아직도 그때의 모습이 서로에게 각인된 모양이다. 비록 겉모습은 백발로 변했지만 마음만은 모두 학창 시절로 되돌아간 듯 신선한 남도여행이었다. 다녀온 며칠 후 시인 친구가 카톡을 보냈다.

창평 장터에서 오랜만에/ 머리 희끗희끗한 동창들/ 국밥 먹는다/ 첫 숟갈에/ 울타리 싸리꽃 같은 미소 지으며/ 고향 마당가 가마솥 아궁이/ 생솔가지 타는 향/ 그리운 사람 그리운/ 그리움 맛이다

벌써 그리움이 된 백발의 우정 어린 시는 몇 번이고 다시 읽어 보고 싶은 애틋한 친구의 마음이다.

비우는 연습

요사이 하루하루 비우는 연습을 하고 있다. 시간이 지날수록 쌓이는 잡다한 물건들과 무거워진 마음을 살펴본다. 이사 온 지 십여 년이 지나 구석구석 넣어놓고도 까맣게 잊어버린 물건도 더러 있었다. 혹시 언제라도 한번은 쓰임새가 있을 것 같은 생각에, 몇 번을 정리하려다 미루어 둔 것도 있다. 시원찮은 물건은 미련 없이 버렸다. 쓸 만한 물건은 다른 사람이라도 쓸 수 있게 아파트 분리수거하는 날마다 가지런히 몇 차례씩 내다 놓았다. 얼마 후 나가보면 어느새 물건들이 깨끗이 치워져 있다. 서운한 마음보다 꼭 필요한 사람이 요긴하게 사용할 것을 상상하니 오히려 흐뭇하고 홀가분한 느낌이 들었다.

옷장을 열어 보았다. 값비싼 정장일수록 몇 번 입어 보지 못하고 유행이 지나도 아까운 마음에 그냥 걸어두고 있다. 어느 해 생일 남편이 특별히 선물한 옷들, 첫아이가 고등학교에 입학한 봄, 두근거리는 가슴으로 담임선생님을 면담할 때 입었던 옷, 몸무게를 조금만 조절하면 아직도 입을 수 있겠다는 착각 속에 남겨 놓은 옷 등이다. 그동안 몇 번이나 이사를 하면서도 추억이 쌓인 옷들이라 차마 정리하지 못하고 간직하고 있었다. 그 옷들을 볼 때마다 새록새록 떠오르는 다시 오지 못할 지난 시간들의 그리움 때문이리라. 이번에는 눈 딱 감고 모두 헌옷수거함에 넣고 냉정하게 돌아섰다. 나이가 들면서 이 핑계 저 핑계로 늘어나는 쓸데없는 집착에서 벗어나고 싶은 마음에서다.

오래간만에 책장도 둘러본다. 신간 서적들은 비교적 손이 쉽게 닿는 곳에 두고 필요할 때마다 보고 있다. 책장에는 주로 지난날 읽으면서 감동 깊었던 문학 작품과 사전 또는 전문서적들이다. 문학 작품들은 대부분 시간의 여유가 있을 때 다시 읽어 보고 싶었던 책들이다. 몇 권씩 펼쳐보니 책 페이지는 누렇게 변하고 활자는 너무 작아 도저히 읽을 수 없는 책들이 많았다. 어쩔 수 없이 정리하며 한 권씩 살펴보다 뜻밖에도 법정 스님의 『버리고 떠나기』 수필집이 눈에 들어 왔다. 마치 보고 싶었던 옛 친구를 우연히 만난 것처럼 떨 듯이 반가웠다. 책을 정리하다 말고 단숨에 스님이 조곤조곤 들려주는 삶을 지혜에 다시 한 번 빨려 들어갔다. '버리고 비우는 일은 결코 소극적 삶이 아니라 지혜로운 삶의 모습이다. 버리고 비우지 않고는 새것이 들어 설 수 없다.'명쾌한 해답에 용기가 생겼다.

어느 날 오후 군데군데 쌓아 둔 사진들을 모아 들여다보았다. 새삼 참 많은 날들이 지나갔구나 하는 생각이 들었다. 결혼 전 각자의 성장을 볼 수 있는 사진부터, 결혼 후 오십년 가까이 모아둔 우리들의 산 역사다. 꿈에 그리던 여행지에서 순간순간 펼쳐지는 시간과 배경들은 아직 어제같이 생생하게 떠오른다. 새 희망을 다지던 결혼사진부터 아이들이 자라온 과정도 고스란히 담겨 있다. 그중에는 보고 싶어도 영영 볼 수 없는 뼈아프게 그리운 잊지 못할 가족도 있다. 웃고 울면서 꼭 필요한 사진만 남기고 모두 정리하였다. 시간이 얼마나 지났는지 눈이 침침하고 정신이 혼미해졌다. 사방을 둘러보니 어느새 어둑어둑 해가 지고 있다. 텅 빈 것 같은 허전한 마음 사이로 '침체되고 묵은 과거의 늪에 갇히기보다 선뜻 버리고 비우는 것은 새로운 삶으로 열리는 통로다.'라는 법정 스님의 말씀이 들린다. 참 많은 위로가 되었다.

해가 거듭될수록 짓누르는 마음의 무게도 하나씩 비우려고 노력해 본다. 마음을 비운다는 것, 누구나 생각과 말로는 쉽게 공감하며 필요성을 느낀다. 막상 시도해 보면 물건을 버리는 것보다 한층 더 어렵고 힘든 고통스러운 과정이 따른다. 젊은 날에는 도저히 용납할 수 없었던 문제들도 이해하려고 애쓰며 마음의 짐을 덜어본다. 아직도 비우지 못한 어리석은 욕심이 발목을 잡고 있는지 자신을 곰곰이 드려다 본다. 냉정히 판단하여 도저히 불가능한 것들은 과감히 떨쳐 버리려고 안간힘을 써본다. 묵은 찌꺼기를 정화 시키듯 부질없는 근심과 걱정거리도 내려놓는다. 한결 여유로운 마음과 또 다른 채움을 위하여 비우는 연습은, 살아 있는 동안 끊임없이 이어져 할 우리들의 피치 못할 과제다.

황혜숙

다하지 못한 말
마주하지 못한 눈빛
저문 강에
홀로 물안개로 핍니다
저녁을 기다리며
따뜻한 불빛을 꿈꾸며

- 시 -

첫, 첫

너에게

안부

동행

고향 집

PROFILE

『수필과 비평』 신인상 등단
시계문학회 회원
저서: 공저 『풍경』『기연』외 다수

첫, 첫

기다림과
설레임 뒤
일순간 세상을 바꾸는
그러나
이내 드러나던 것

첫눈
첫사랑

눈물처럼 반짝이며
스쳐가기도 했는데

나
그 앞에서
너무 오래 머물렀네
오래오래 떨었네

너에게

함박눈 오더라
펑펑 오더라
그 눈 좋아, 저녁 무렵
앞산이라도 오르는 그 마음이 없었더라면
겨울, 꽁꽁 얼어붙는 정지된 시간이 없었더라면
지나간 시간들 그 자리에 못처럼 박혀 있으리라
빼도 박도 못한 채 엉거주춤 시간만 흐르고 있었으리라

너무 어려서, 여려서,
어찌할 수 없어서 아팠던 시간들
저녁 굴뚝 연기처럼 솔솔 피어나는 동안
불을 지피기 위해
불을 지키기 위해
날마다 아궁이를 향해 낮은 자세를 취해야 했던
매운 연기에 눈물도 나던
핑계 삼아 울어 볼 수라도 있던
그 시간이 아니었더라면

결빙의 계절

막막한 겨울강 아래
소리없이 출렁이지 못했으리라
강물 이루며
굽이굽이 흘러가지 않았으리라

너
더 넓고 푸른 바다를 향해
거침없이 흘러가야 하리라.

안부

이른 새벽, 첫눈 뜨고
생각해 주셨네요
일상처럼 평범한 안녕
쉬이 잊고
하찮게 여기며 살다가도

어깨를 낮추고 물들어
먼저 지는 잎새들 있는
가을 산을 보면

거기
지키지 못한 약속들
끌어안고 살았어야 할 진실들
발아래
수북이 쌓여 가네요

가을 산
형형색색 물드는 거
잎새들

훌훌 져버리는 거

곱게 물들라고
내려놓으라고

아프게 물들다 지는
이 아침도 가을 중반
더 늦기 전에
뵐 수 있기를

평안하시기를

동행

잔설 두텁게 얼어붙은 덕유산 길
색실 고운 털모자 아래 희끗머리 보이는
여고 동창들 나란히 걷는다

계곡을 감은 얼음장 아래
멈추어 본 적 없는 물소리
갈 길 멀다는 듯
겨울 산을 깨치며 흘러가고

지나온 세월
둘러쳐진 능선 마냥
겹겹이 포개어지며 주름진 시간
맞잡은 손길 타고 전해지는데
마주 보는 눈길 속에 담겨지는데
입김처럼 서리는 것
잠시 반짝거린다

꽁꽁 얼어붙은 빙판길
미끄러지며 걸어온 시간

허방 같은 세상 속 허우적거렸던 세월

뒤따라 오는 발자욱 마냥 또렷해져
나눠진 그림자 마냥 공평해져
도란도란 걷는 산길
노을 뉘엿뉘엿 스미어 간다
저녁 어스름 감싸 안는다

고향 집

오랫동안 찾지 않았다

담벼락 끝 오동나무 수문장처럼 서 있던
오동꽃잎 툭툭 떨어진 우물물로
새벽이면
집 안팎 촉촉이 적셔지던 집

시간이 만드는 견고한 기억을 좇아
돌아보는 옛집 앞

지난 세월이 버거웠을까

중병에 걸린 듯 납짝 엎드려
꼼짝 않는 집
굳게 닫힌 철문 위 낯선 명패
저도 낯설다는 듯 멀뚱한
그러나 아직 반가운 듯 수줍은 듯
손 내밀고 선
녹슨 문고리

산뜻 밀쳐 볼 수 없는 오래된 부재가
지나버린 시간의 경계를 넘어
주홍빛 능소화 송이송이 꽃등을 밀어 올리는
고향 집 앞에서

깊어질 대로 깊어
대체되지 않는 이름
하나하나 부르고 있다
적체된 슬픔
훨훨
풀어 주고 있다

먼 기억 속에 갇혔던
나의 옛집

김은자

어제보다
꼭꼭 채워진 것들이 있어
내일이 기대된다

- 시 -

PROFILE

계간 『크리스찬 문학』 신인상 시 부문 당선
월간 『아동문학』 신인상 동시 부문 당선
시계문학회 회원
저서: 동시집『꿈 봉투』

겨울 바다

모래 위에
납작 엎드린 기억
염증 되어 꿈틀댄다.
오돌토돌 만져지는 통증
욱신욱신 부풀어 오른다.
철썩
철썩
흉터 깊게 패인다.
응급처방으로
푸른 하늘 연고 빌려
발라 주고 돌아서는 길

입 다문 파도
덥썩 안긴다.

봄 산

올록볼록
초록 이불 폭신하다.

개미, 풀벌레
작은 어깨 흔들며
춤춘다.

가던 길
멈추고 돌아와
방긋방긋
웃는 물줄기

짙어질 꿈속으로
풍덩
뛰어들고파

이제
시작이다.

십자가 밑 감나무

가을 보석 주렁주렁
창문 두드려 내민 목
웅얼웅얼 기도 담아
달콤함 익힌다.

절룩거리며 구부러졌던 하루
허리 펼쳐 돌아서는 길
하나, 둘
등불 켠다.

십자가 밑
두 손 모은 감

간절하게 밝다.

아기와 구석

잇몸 뚫고 나온 햇살
가냘프게 웃는다.
먼지와 먼지 적당히 입맞춤한다.
아기가 제일 먼저 기어와 먼지 쓸어내고 확장시킨다.
살피다가 긁는다. 두드린다. 핥는다.
엄마는 잠시 목축이고 와도 안전한 곳
더 이상 갈 곳 없어도 아쉬움 없이 돌아서는 곳
드러나지 않으나 없어서는 안 되는
아기가 놀다 간 낮은 곳

벽과 바닥
아기와 엎드렸다.

첫 돌 1

목련 같은 딸에게
시들지 않을
꽃 상차림 한다.

일곱 색 송이송이
쓰다듬어
지내 온 열두 달
향기 모은다.

몇 날
며칠
가슴이
할딱거린다.

세상이
일어서서
불을 켠다.

이개성

나의 버팀목과 양식이 된 그대

- 시 -

P R O F I L E

서울대 약대 수료. 경희대 경영학과 졸업

『문파문학』시부문 신인상 등단

시계문학회 회원

저서: 공저『기연』외 다수

그리움이란

우수수 떨어지는 단풍잎
가을비 부슬부슬
오늘따라 그리워지는 그대

사람들은 세월이 약이라고…
내게는 부질없는 소리

애써 잊으려 하지도 않고
그저 마음 가는 대로 그리움에
지쳐 살다가
그대 곁으로 가는 날
그리움 안고 가야지

벚꽃놀이

삼성 노블카운티 정원의
흐드러지게 핀 벚꽃 터널 아래서
벚꽃놀이하는 날

친구들 비록 나이는 많지만
모자와 선글라스 화려한 옷
멋을 내고 나온다

나도 뒤질세라 분홍색 꽃무늬 모자
연두색 점퍼 선글라스
한껏 멋을 내고 나갔다

막걸리와 김치전 도토리묵 수육
간간이 눈이 오듯 떨어지는 꽃잎
내 막걸리 잔에 살포시 앉는다

맛있게 먹어가며 친구들과 담소
즐거웠던 하루 봄내음 만끽했던 하루

막내딸 효녀 김청

엄마! 뭐해
아침저녁으로 전화한다
내 외로움 달래 주는 청이

즈 아버지 몸이 편치 않을 때
청주에서 매일 같이 맛있는 음식 장만하고
현관서부터 아부지! 하고 소리치며 달려와
볼 비비고 뽀뽀하며 안아준다 즈 아버지 만면에 미소
유별나게 효성스러워 김청이란 애칭

너와 나는 단 한 사람 아비와 지아비를
사무치게 그리는 동지

겨울 목련

정원의 브리지 창문에
닿을 듯 말 듯 서 있는 겨울 목련

날씨 탓인지
겨울 한가운데 꽃봉오리 맺어
추우면 웅크리고 따뜻하면
입 열려고 한다

어서 봄이 오너라 꽃봉오리 활짝 피어
우아한 꽃 피우리라 다짐하듯

초봄에 피울 꽃 한겨울에 벌써
준비하는 모습 유비무환의 자세

고마운 선물

전망 좋은 높은 곳에 살고 있다
때때로 흔들의자에 앉아
창밖을 내려다본다

눈 아래 청명산 기슭 푸른 숲 펼치고
그 건너 산줄기 따라 길게 휘돌아간
기흥저수지 푸른 물

어깨동무 산기슭 이곳저곳
흰색 건물 아파트촌

바다와 산을 좋아하는 나
호수와 산이 어우러진 아름다운 풍경

그대가 내게 주고 떠난 고마운 선물

심웅석

인간은 얼마나 고독한 존재인가.
시가 옆에 있어 다행이다.

- 시 -

사랑의 굴레

詩를 읽는다는 것은

풀꽃으로

- 수필 -

아내의 입원

형

P R O F I L E

서울의대 졸업 정형외과 전문의
『문파문학』시 부문 신인상 등단
문파문인협회 회원, 시계문학회 회원
저서: 공저 『기연』외 다수

사랑의 굴레

장미에 가시가 있다는 걸 알기도 전에 깊숙이 찔려,
피는 출혈이 되어 생명을 위협하였고 나는 바람이 되었네

불러야 할 뜨거운 사랑노래는
잡을 수 없는 허상虛像이 되고
허상들의 축제는 매일 밤 계속이었네

광란의 축제가 끝나고 바람이 그쳤을 때,
슬픈 나의 봄은 가버리고
내 별자리엔 가을이 앉아 있었네

나에게 다시 한 번 봄날이 온다면, 가꾸리라
장미도 수국도 초롱꽃도 처음부터 물 주고 거름 주면서
가시에 독이 없는지 독초가 아닌지 오래 살펴보리라

사랑이 깊어질수록 매이지 말고
언제나 자유로운 영혼으로 남을 수 있게

詩를 읽는다는 것은

배고픈 이, 밥을 먹는 것이요
추운 이 외투를 걸치는 것이요
슬픈 이 위로를 얻는 것이요
외로운 이 친구를 구하는 것.

그리고
시를 쓴다는 것은
영생靈生의 길을 여는 것이다.

풀꽃으로

來世에는
풀꽃으로 태어나고 싶다

길가 냇가 활짝 피어,
보는 이 마음에
조그만 평화라도 드리고 싶다

사진 찍는 이 에겐
살짝 웃어 드리고 싶다

외로운 이 옆에 와 앉으면
말 없는 친구 되고 싶다

아무도 찾는 이 없을 때는
조용한 아름다움으로 남고 싶다

고향이 어디냐고 묻는 이 있으면
한반도라 알려 드려야겠다.*

---

* 한반도에서만 자라는 고유식물은 527종, 이 중 62%인 327종이 일본학자 이름으로 등록되어 창씨개명 되어있다.

아내의 입원

아내는 식도협착증(식도 무이완증)으로 근 30년간 고생하고 있다. 마음 놓고 먹지 못하고, 음식을 삼키는데 숨은 고생을 하는 것을 볼 때마다 측은한 생각이 든다. 인간의 오욕 중에도 식욕은 삶을 이어주는 생명줄이 아닌가. 더구나 나이 들수록 맛있는 음식 먹을 수 있다는 것은 행복이 아닌가. 지금까지 병원에 정기적으로 다니면서 치료를 받는데, 작년 하반기부터 점점 심해져서 주치의인 K대 S교수에게 문의해 보았다. 교수는 협착이 심해져서 수개월 전에도 내시경 관이 통과하지 못하고 보톡스 주사만 놨다고 말하면서 어두운 표정이다. 이 병원에서의 치료는 한계에 도달한 것 같아 고민하던 중이었다.

때마침 내과적으로 경구 내시경 근절개술(POEM 시술)을 하고 있다는 정보를 듣고 C병원 J교수를 찾았다. 식도는 앞쪽에 기도氣道 바로 뒤에 대동맥이 있고 폐로 둘러싸여 있어 외과적으로는 수술하기가 아주 위험한 곳이다. 그 때문에 음식물 연하작용이 웬만하면 지금처럼 보수적인 치료법으로 끌고 가려고 했다. 그러나 최근 수 개월간 옆에서 살펴보니, 식사 도중 슬그머니 물컵 들고 화장실에 가는 횟수가 많아졌다. 속으로 참아내는 그 고통은 얼마나 고독한 것일까? 아무래도 좀 더 적극적인 치료가 필요하다는 결론을 내렸다. 진료를 받아보고 안전성이 확보되면 시술을 받을 생각이다. 외래 진료 시 J교수는 자기 경험을 얘기하면서 자신 있는 태도였다. 시술 전 종합검사를 위하여 2~3일간 입원해야 한다기에 그저께 입원하였다.

20여 년 전에도 수술을 받기로 예약하고, 미국 여행을 하면서 처남 집에 들른 적이 있었다. 위험 부담이 있기에 긴장감도 풀 겸 술을 잔뜩 먹고 거실에서 디스코 춤을 춰 버렸다. 곧바로 술도 안 먹은 아내가 치마를 펄렁거리며 캉캉춤으로 맞받는 것이 아닌가. 수술을 앞두고 긴장하고 있는 내 속마음을 알아챘을지도 모른다. 귀국하여 수술을 받으려고 A병원에 입원했고, 회진 때 집도의인 K교수에게 "아프지 않게 수술해 주세요." 부탁했다. 길게 부탁하면 학교 후배인 교수가 부담을 느낄까 봐 뻔한 말을 한 것이다. 그런데 수술 직전에 "그렇게 급한 수술이 아니니 퇴원하시오" 하고 퇴원 조치를 하는 게 아닌가. 아마도 보편적인 수술이 아니어서 부담을 느꼈던 것 같다.

C병원에 입원하던 날 병원 사정으로 1인실에 입원 되었고, 입원료는 건강보험 적용이 안 되어, 하루에 기십만 원씩 나온다고 했다. 지금까지 집안 살림을 모두 직접 하느라 곱던 손도 거칠어지고, 운전까지 해 주면서 뒷바라지해 온 아내는, 1인실에 입원하여 편안하고 조용한 환경에서 치료받을 만하다고 생각했다. 보호자 침대도 있으니 나도 옆에서 자면서, 이런 기회에 아내의 노고에 위로해 줄 기회가 되어 다행이라고. 그러나 아내는 비싼 입원실에 든 것을 못내 불편해하면서 간호사에게 다인실이 나오면 즉시 옮겨 달라고 거듭 부탁하는 것이 아닌가.

남편이 잘 되었으니 신경 쓸 것 없다고 하면, 보통 사람의 경우 '그래 그냥 1인실에 입원하여 편하게 치료받자' 생각하고 넘어갔을 것이다. 그런데 평생 양보만 하면서 살아온 이 여인은 못내 신경 쓰는 눈치였다. 다음 날 저녁 2인실로 옮긴 뒤에야 안심되는 듯 얼굴이 편안해 보였다. 2인실로 옮기던 날은 검사도 모두 끝난 상태이고 내일 퇴원하라는 스케줄이다. 내일 오전에 가서 퇴원 수속을 밟을 예정으로 나는 집에 와서 자기로 했다.

귀가하여 몸을 씻고 소파에 앉아 창밖을 내다보니, 고요한 밤 공원에 늘어선 가로등은 졸고 있고 집안은 적막강산이다. 가만히 돌아본다. 아내는 수십 년간 한결같이 아침에는 나보다 한 시간 이상 일찍 일어나, 내가 깨지 않도록 조용히 아침 식사를 준비한다. 저녁에는 술 먹고 늦게 귀가하는 날에도 언제나 밝은 얼굴로 저녁 식사를 차려 주었다. 내 앞에선 화장을 지운 적이 없고, 가끔 술 마시고 데리러 오라 하면 바람처럼 달려왔다. 한 번도 소리 내어 대든 적 없었고, 내 성급한 성격에 큰소리쳤을 때는, 말없이 눈물지으며 앉아 있었다. 그런 사람이 지금 식도 때문에 고생하면서도 입원실료 기십 만원 나오는 것을 이처럼 부담스럽게 생각한다.

헌신적으로 살아온 이 비단결 같은 사람이 너무나 안쓰러워 눈물이 두 볼을 타고 소리 없이 흘러내린다. 늦은 밤에 카톡을 보냈다. "여보, 사랑해요. 이 세상에서 당신이 제일 중요한 사람입니다. 언제나 자신을 위하면서 살도록 하세요." 오늘 퇴원하고 귀가하는 길에 아내가 차 안에서 조용히 말했다. "어쩌면 당신은 그런 말을 해서 사람을 눈물 나게 해요. 당신, 항상 존경하고 감사해요."

5년 전, 건강검진에서 내 병이 발견되어 수술받은 후 지금은 관리 중이다. 아마도 남은 시간이 그렇게 길지는 않을 것 같은데, 내가 없는 세상에서 이렇게 착한 사람이 어떻게 살아갈 것인가 마음속으로 걱정이다. 우리는 함께 '본죽' 집으로 가서 점심을 먹었다. 아내가 말했다. "점심값은 내가 낼게요." 내가 말했다. "그런 데 신경 쓰지 말아요." 3일 만에 집에 돌아오니 활짝 핀 양란 꽃들이 두 팔을 벌리고 웃고 있었다.

형兄

1.『학원』 잡지

형은 내 인생행로에 가장 많은 영향을 준 사람이다. 3남 2녀 중 막내로 출생한 내게 바로 4년 위의 작은형이 있다. 그 위로 큰누님과 맨 위 큰형님은 나이 차이 때문에 남은 기억이 많지 않다. 형은 대학 진학을 선택하는 데에도 결정적인 역할을 해 주었다. 초, 중, 고, 학교생활 하는 중에도 가장 영향을 많이 받았다.

초등학교 1학년 때 우등상을 타보고 그 뒤에는 상 받은 기억이 없다. 반면에 형은 매 학년 우등상 외에 개근상 등 상장을 두 개 이상 타 왔다. 상장을 담는 상자는 형의 상장으로 채워졌다. 6·25사변 때 나는 초등학교 5학년이었고, 그 무렵 장난삼아 한 자쯤 되는 막대기를 생각 없이 집 아래로 던졌는데 하필 형의 얼굴에 맞았다. 겁이 나서 담 밑에 숨었고 형은 어둑어둑할 때까지 찾아 다녔다. 날이 저물어가자 담 밖으로 은근히 몸을 내비쳐 형이 발견하도록 하였다. "내가 잘못했다. 걱정 말고 집으로 가자." 하고 형이 달래던 기억이 난다. 이때부터 '형은 나를 감싸주는 내 편이다.' 라는 생각이 들었다.

중학교에 입학하니 담임선생이 "얘 형이 고2 학생인데 공부도 잘하고 아주 이쁘다." 하면서 학생들의 동의를 유도하여 3개 반 중 2반 반장을 시켜주었다. 그때부터 나는 이쁜애 동생이었다. 중학교 시절 형이 한 말 중에 지금까지 기억하는 것들이 있다. "말은 하기 전에 입속으로 세 번을 되뇌어 보고 신중하게 해라." 실제로 형은 그렇게 하고 있었다. 중학교 2학년 말 내 성적표를 본 형은 "여러 조각의 나무판을 돌려 통을 만들었을 때, 나무 조각이 길고 짧으면 짧은 곳으로 물이 새어 결국 많이 못 담게 된다." 국, 영, 수 같은 주요 과목은 좋은 성적인데, 다른 과목 성적 때문에 평균 점수가 떨어졌다고 해 주는 말이었다. 형의 말을 듣고 비 주요과목에도 고루 노력하니 금방 효과가 나타났다.

중학교 2~3학년 때 소설책 위인전 등 책을 닥치는 대로 많이 읽었다. 책을 보고 앞으로 소설가가 되겠다고 마음먹고 있었다. 그 무렵 안방에 나란히 누워 형이 물었다 "너는 장래 희망이 뭐니?" 소설가라고 말하니 형은 "포기하는 게 낫것다. 소설을 쓰기도 어렵지만, 쓴 소설로 독자들을 감동시켜야 되지 않것니? 얼마나 어려운 일이것니?" 그 말을 듣고 포기하였다. 그때 형은 학교 잡지에 글을 써서 선생님에게 칭찬도 받았고, 항상 우등생이었기에 형의 말이라면 모두 맞다는 생각이었다.

서울에서 대학에 다니던 형은 고2 때부터 『학원』 잡지를 다달이 사서 보내 주었다. 그 내용도 공부하는데 도움이 되었지만, 무엇보다 표지에 서울 명문고 학생들의 교복을 차려입은 해맑은 사진들은 경쟁심을 자극하기에 충분하였다. 깊어가는 가을밤 텃밭에는 말라버린 옥수숫대 숲 사이로 스산한 바람 불어 지나고, 파란 하늘에 둥근 달이 밝게 비추면 시골 고3 학생은 달을 보고 하염없이 눈물을 흘렸다. 기러기 떼들도 서울이 있는 북쪽으로 기럭기럭 울며 날아가고, 마음도 서울을 향한 동경심과 막연한 애수에 젖어 눈물을 닦았다.

그 시절 우리 집 경제 사정은 대학 학비를 감당할 형편이 못 되었다. 이런 사정을 알고 있었기에 중3 때부터 사관학교에 갈려고 마음을 정하고 준비하고 있었다. 중3 때 나폴레옹 전기를 읽은 후 육군 사관학교를 선택했다. 고3 때 여름방학을 이용하여 부족한 화학을 학원에서 보충하려고 서울 형한테 올라왔다. 형은 대학생이었고 장충동 '세계대학 봉사회'에 숙소가 있었다. 하루 저녁 형은 장충단 공원으로 산책을 가자고 하였고 공원 풀밭에 앉아 대화하게 되었다. "왜 사관학교에 가려고 하니?" 물었다. 사관학교는 국비로 4년의 대학공부를 할 수 있고 졸업하면 학사학위를 받는다. 우리 집 형편으로는 대학 학비를 감당할 수 없다. 사관학교는 졸업 후 장교로 임관되며 국가와 민족이 필요로 할 땐 나폴레옹처럼 혁명을 할 수도 있다. 이런 내 말들을 신중하게 다 듣고 난 형은 "네 말도 일리는 있다. 그러나 S대 의대에 갈 자신만 있다면 학비 걱정은 말고 진로를 바꿔보는 것이 어떻겠니? 앞으로 의대가 전망이 좋을 것 같은데." 형은 법대에 다니면서 야간으로 아르바이트를 하여 돈을 상당히 모아 놨다고 했다.

여기에 힘을 얻어 의대에 가기로 진로를 바꾸었다. '아무개도 S대에 자신이 없으니 육사에 가려고 한다.'는 동기생 중에 떠도는 말도 진로를 바꾸는 데 약간의 영향을 미쳤다. 그때 육사 시험문제 10년분을 통계내어 분석하면서 공부 중이었는데, 그 자료는 같이 육사를 목표로 공부하던 삼총사라 불리던 친구에게 넘겨주었다. 이렇게 군인 대신 의사 되는 길을 택하였다.

2. 참, 좋은 형이다

드디어 입학시험 날이 왔다. 서울 명문고 학생들은 선배들이 몰려와 둥

그렇게 둘러서서 왁자지껄 떠들고 웃으며 시험치는 후배들을 응원하였다. 형도 왔다. '저런데 신경 쓸 것 없다'고 안심시키면서 점심을 사주었다. 시험문제들은 거의가 공부한 범위에서 나왔고 시험 끝난 후 자신 있게 시골집으로 내려왔다. 발표 날 시내 친구 집 라디오에서 결과를 들었다. 내 수험번호 3007이 첫 번째 나왔다. 집에 와서 마루에 앉아 계신 아버지께 "합격했습니다." 말씀드리니 아버지는 무릎을 탁 치시더니 "어이쿠 이거 큰일 났네." 하셨다. 입학금 준비를 못 했기 때문이다. 합격했다니 왜 기쁘지 않으셨겠나. 그러나 기쁘기 전에 부모의 책임이 앞섰던 것이다. 아버지가 쌀 세 가마 해 주셨고 나머지는 형이 마련하여 입학금과 등록금을 해결해 주었다.

대학에 입학하면서 그 시절 고학 수단으로 유일했던 가정교사를 시작하여 숙식과 등록금을 해결하였다. 그러나 용돈과 의대이기에 필요한 등록금 외의 비용들은 여전히 형한테 타 써야 했다. 한번은 용돈을 탄 지 얼마 안 돼서 또 타러 갔더니 어쩐 일인가 물었다. 예과 2학년 옛날 경성대 예과 자리였던 청량리 빨간 벽돌 건물에서 수업할 때 당구들을 많이 쳤는데, 게임에 져서 당구비를 냈다. 형이 물었다. "졌나. 이겼는데 게임값을 내 주었나?" 져주었다고 했다. 그 말을 듣고 형은 "게임에 이기고 게임값을 내주면 보람이 있고, 게임에 져 준다는 것과는 다른 것이다." 그 뒤부터 나는 당구 칠 때 지지 않으려고 노력한다. 이것은 당구뿐 아니라 세상 살아가면서 닥치는 모든 일에 최선을 다하는 동기動機가 되었다.

대학 초년생 때 방학에 집에 내려와 백부께 인사를 갔다. 백부님은 도내 유지로 도지사가 새로 부임하면 인사 오는 존재였다. "그래, 의대는 등록금도 비싸고 그 외에 들어가는 돈이 꽤 될 텐데 어떻게 하고 있니?" 물으셨다. "형이 해결해주고 있습니다."고 대답하니 "참 좋은 형이다. 좋은 형이야"하고 감탄하셨다. 고3 때 사관학교에서 의대로 진로를 바꿨을 때는 "사관학교는 무관이여, 양반에 들지만 의대는 의사 되면 중인이여, 양반이 못된다 이 말이여." 하면서 사관학교에 갈 것을 권하던 백부였다. 우리 경제형편을 아시고 걱정되어 해 주시는 말씀이었다고 생각했다. 원래 형은 집안에서 '우등생에 아주 착실하고 틀림이 없는 사람'으로 인정받고 있었다.

본과 3학년 올라가면서 청진기 등 실습 도구와 원서를 사는 데 상당한 금액이 필요했다. 장충동에 방을 얻어 자취를 하던 형한테 찾아갔다. 형이 밤에 일하고 새벽에 돌아와 보니 그날 자취방에 도둑이 들어 싹 쓸어 갔고, 형은 망연자실하고 있었다. 그래도 형은 수일 후 약속한 날에 자취방을 뺀 돈을 나에게 주었다. 이것이 형이 모아 놓았던 마지막 밑천이란 생각이 들었다. 지금 생각해도 눈물겨운 일이다. 그 후 학교에 알아보니 성적이 B학점 이상인 학생은 신청만 하면 장학금이 나온다고 했다. 그런 정보를 늦게 알고 신청하니 시골 출신의 한계가 아니었나 싶다.

형은 집안의 애경사나 행사에 빠지지 않고 인사 다닌다. 그 덕에 나는 대충 참석하면서 편하게 지낼 수 있었다. 형은 학교 졸업한 후 증권회사, 무역회사 등에 몇 년 근무하다가 로펌에 취직했다. 우리나라 최초의 로펌이었는데, 한 십여 년 근무한 후부터는 사무국장으로 승진 되었다. 대학생활이 조용히 공부할 환경이 못 되었으니 고시 공부는 할 수가 없었으리라. 작년 말 만 80세로 로펌에서 물러 나왔다. 그 로펌에서 헌법재판소장이 배출될 때보다도 더 성대한 퇴임식이었다고 했다. 변호사 수십 명과 전 직원이 참석하여 식을 해주는데, 일생동안 한 일에 보람과 긍지를 느꼈다고 말하는 것을 듣고 덩달아 기뻤다.

우리 형제는 동부인하여 일산 근교 괜찮은 식당에서 점심을 먹었다. 형수는 "지금까지 여기 형제처럼 우애가 좋은 집을 못 봤네요." 하면서 눈가에 이슬이 맺혔다. 어머니로부터 내려오는 안 살림의 전통을 고스란히 지켜온 보배 같은 존재다. 식사 후 근처 원각사에 들렀다. 부처님 얼굴에서 영산화상의 영화미소(부처님과 가섭제자 간의 마음과 마음으로 주고받는 이심전심의 미소)를 보았다. 돌아오는 길은 세월의 두께만큼이나 쌓인 얘기들을 풀어놓을 작정인지 흰 눈이 펑펑 내리고 있었다.

윤정희

무디고 둔한 내가 글을 쓴다는 자체만으로 놀라운 일
나이 들어감이 새롭다

- 시 -

작가가 되었다

침묵

어머님 영전에

- 수필 -

길

노 마담 보게나

P R O F I L E

『문파문학』 시 부문 신인상 수상 등단
문파문인협회 회원
시계문학회 회원
저서: 공저 『가인』외 다수

작가가 되었다

깨 똑 깨 똑 써프라이즈
할머니 인터뷰 응해 줄거징~ 잉
달디단 웃음을 흘리는 우리 꿀 사과
정말 지금 하자고!
응, 내 친구 바꿔줄게~ 잉

내 길은 아직 멀었는데 아직인데
움막 같은 가슴이 글들이 출출한데
설겅거리는데 여물지 못한 입속말들이

동그란 애호박 같은 녀석 토실토실 묻는 말
윤 정자 희자 할머니 작가님이시죠.
작가란, 무엇을, 어떻게, 전망은, 보람은, 힘들 때는
작가가 된 동기는 제법 아삭하고 쫀득한 질문을 한다.

작가는 작가이지
날마다 아름다운 글을 만들려 하는 걸 보면
애호박 알듯 모를 듯한 볼 우물이 연하다
꼬~옥 잇몸을 물은 덧니가 웃음 꼭지를 뗀다

단물이 똑똑 떨어지는 작가님 고맙습니다 란 말에
댕글댕글 구르는 웃음소리
야, 우리 할머니 정말 작가 같애!

침묵

모두들 나를 보고 한입 한다는 게야
칭찬인지 비양인지 나름 재주다 싶어
수없이 무딘 날을 벼리어 댔지
유창한 웅변은 다이아몬드라고

긴 날을 이래라저래라 콩나물시루에
물 부어대듯 새말과 헌 말을 쏟아냈지
손가락도 제 나름에 각각인데 내게 맞은
가락지를 마냥 끼워주려 했어

어느 날 침묵이란 단어가 커다랗게 눈에 들어왔어
나도 네가 그리웠다고 침묵에 열매를 따고 싶다고
헐거운 입을 앙 다물었지 허물을 벗으려는 나를 보고
우리 집에 비상이 걸렸어 어디 아프시냐고
제발 하던 대로 하시라고 익숙함이 편함이라고…

탱자가 남쪽으로 간들 귤이 될까만
중생구제 못 할 몸이 내 식구라도 편해야지 싶어
작심삼일 구도를 후생으로 미루었지

헐거워진 입은 새말 헌 말을 공양을 올리었어.

만수에 이른 땜을 보듯 '침묵', 그득한 네 얼굴을 보고

어머님 영전에

동지선달 살 트는 바람에 숭숭 뚫린 가슴
방문 하나로 막아내며 묵새긴 세월 근심으로 기웠던
즈믄 밤 여윈 설움이 움켜쥔 옷고름 풀리듯
꽃가마 타던 열일곱 씨 벌어진 사연 구슬을 꿰네.

아홉이나 되는 고사리들 생인손 아님 있었으리.
홀씨 되어 날아간 자식들 이 아픔 저 아픔에 뒤채이며
구십 성상 여윈 몸 헤적헤적 부젓가락에 피어나던
질화로에 불씨인 듯 그 모습

골골이 주름진 미소 밭이랑보다 깊은데
빈 부엉이 곳간에 해 아름 사연 살며시 지그리며
삭은 집시랑 빗물 같은 눈물 한 줄 적셔 놓고서
고슬고슬 빛살 고운 날 먼 길 떠나시었네.

끝내 아픈 이름들 부르지 못한 곰삭은 모정이여!
모쪼록 깊은 씨방에 들어 옛 꿈꾸시지 말고
묵은 정은 잊으시고 햇 정을 맺어 꽃가마 타던 그 시절
결 고은 바람 따라 꽃 피는 좋은 곳에 가시옵소서.

길

박OO 씨 보호자 분 들어오세요, 안내 방송을 듣고 문이 열리는 곳으로 들어갔다. 전염병 환자처럼 눈만 빼꼼한 수술 집도의는 우리들 앞에 플라스틱 용기를 열었다. 상한 생선 냄새가 방안에 향기처럼 번졌다. 족히 1kg이 될듯한 검붉은 흉물스런 밀룽한 살점이다, 두어 시간에 잘리어져 엄마의 몸 밖으로 빠져나온 신체의 일부분을 확인하는 순간 목까지 뜨거운 것이 쑤욱 올라왔다. 숨이 탁 막히는 듯했다. 뚜껑을 덮는 의사에 손을 제치고 날쌔게 뚜껑을 열고 그 흉물스런 물체를 재확인을 했다. 말만 듣고도 사형선고를 받은 듯 두려움에 떤다는 암, 두 집 건너 세 번째 집에는 암 환자가 있다는 세간에 떠도는 말이 남에 일인 줄만 알았었다.

암이라는 궁수가 쏜 화살을 피하지 못하고 아버지가 손도 써보지 못하고 몇 해 전에 우리 곁을 떠나셨다. 의식이 돌아온 엄마가 입원실로 옮겨왔다. 마취가 풀리니 이렇게 아플 줄 알았으면 수술하지 않고 그냥 갈 걸, 딸들 말 괜시리 들었다고 원망을 했다. 15분 간격으로 들어가게 조치를 해놨다는 간호사의 주의 사항을 무시하고 무통약 조절기를 자주 눌러댔다.

엄마는 고통을 참으려 물젖은 손수건을 입에 물고 수없이 얼굴이 일그러졌다 펴졌다 가쁜 호흡을 했다. 무통약이 들어가면 사르르 눈을 감는 엄마의 얼굴을 졸인 가슴으로 들여다보며. 지난 엄마의 삶과 수술을 하기까지의 일들이 오버랩 되어 영상처럼 펼쳐졌다. 항상 아버지 곁에 가고 싶다는 엄마는 팔십여 세면 살 만큼 살았다고 수술도 절대 불가라 했었다. 서로의 의견과 견해의 차이도 있었다. 최상은 아니어도 최선의 길을 찾아 엄마에게 고통을 덜어 드리자 우리 오 남매는 오빠와 언니를 구심점으로 하나로 뭉쳤다. 엄마의 마지막 길이 될지도 모름을 앞에 두고 '혈육이 무엇인가'란 깊은 깨달음을 새롭게 안겨준 시간이기도 했다.

얼마 전 음식을 들고 찾아간 내게 "야, 내 배가 여기저기 옮겨 다님서 아퍼야! 싸르르 싸르르 틀어 빼면서 아퍼야." 병원에 가봤냐는 내말에 "그럼" 내시경을 해보자는 의사에 말을 거절을 하였다 했다. 약 처방만을 요구한 엄마에게 "화병인가 봐요" 라며 웃더라고, 지금껏 잘 다니던 병원 의사를 돌팔이라고 화를 냈다. 늦복 많다는 엄마가 무슨 화병이냐는 내말에 "그렁게 돌팔이라지" 라는 엄마의 배나 한번 보자 했다. "어디 우리 아기 배꼽 좀 보자"하면 배를 쑥 내미는 아이처럼 엄마가 들어내 보인 배에는 곳곳에 한방 파스가 붙어 있었다. "배가 아픈데 무슨 한방 파스야 파스가 무슨 만병통치약인 줄 알아 엄마!" 난 배를 잡고 뒹굴었다. 그런 나를 보고 웃던 엄마는 그래도 부치고 있으면 좀 덜 아픈 것 같다 했다.

밤길을 염려하며 자고 가라는 엄마를 뒤로하고 돌아오는 길, 엄마 앞에선 뒹굴며 웃어댔지만 이 길을 얼마나 가슴을 움켜쥐고 걸어야 하는 길인지 천주께 가셨다는 아버지를 부르며 애원을 했다. 서두르지 않아도 갈 길인데 그렇게 아버지 곁에 가고 싶어 하는 가엾은 엄마가 보이시냐고, 두고 가는 엄마를 그렇게 염려를 하시더니 팔순이 넘어도 소녀 같다는 내 엄마를 이제는 잊으셨냐고 밤하늘을 향해 소리를 지르며 울었다.

출가 전 엄마와 불편한 감정을 토해 낼 때마다 난 엄마처럼 절대로 안 살 거라고 주문 외듯 호언을 했던 나였다. 그런 나도 별수 없는 삶을 살아

왔다. 구 남매의 맏며느리가 된 딸의 인생 여정은 엄마에 가슴에 못이 되었던지, "왜 하필 니가 내 길을 가냐고 왜 하필이면 너냐."고 했었다. 자신을 돌보지 못하고 희생으로 이어온 당신의 서러운 마음을 한 바가지씩 토해내듯 엄마의 절절한 모습을 보고 난 나쁜 딸이라 생각했었다. 아버지를 지극히 사랑하여 모든 불합리한 환경을 인내한 엄마의 삶, 긍정인지 부정인지 내 엄마를 가장 많이 닮은 딸이라 말들을 한다.

같은 환경에 노출이 되어도 물것을 잘 타는 사람이 있다고들 한다. 나도 또한 그랬다. 남들보다 피가 달아서라고 물것이 좋아하는 체질이라 말들을 한다. 내 엄마도 그럴까! 감성이 풍부하고 정적이고 여린듯해도 인내심 하나는 쇠심줄 같은 울 엄마 피는 달달해서 인연이란 존재들은 침을 꽂아댔을까. 부모의 우환에 자식이 가장 큰 아픔이라는데 우리 오 남매는 엄마에게 어떤 류의 물것들일까. 모두가 꺼리고 피하려 하는 힘든 짐을 지고 가는 엄마에게 훈장처럼 안겨준 젊은 날에 효부상과 훌륭한 어머니라는 타이틀을 거머쥔 빛나는 상장도 있었다.

상장에 가렸던 그늘져 흐르던 여울진 삶은 엄마의 전신에 겹겹이 한방 파스에 장기 곳곳이 옹이가 박히지 않았는가. 빛이 바랜 벽에 걸려있던 상장은 영리한 인연들의 위선을 위안케 하고, 더 무디게 참아 달라는 묵언의 압력 같은 상징이 아니었던가. 흰 모시 치마저고리와 보라색 치마저고리를 즐겨 입던 엄마가 보라색 한복을 입고 상장을 품에 안고 소녀처럼 들길을 걸어오던 모습이 환하게 빛살처럼 다가왔다. 이 딸은 그런 상장 절대 사절 할래. 궁시렁거리는 나를 보고 진한 주름을 모은 엄마가 눈으로 물었다. 난 '아니 그냥' 내 손은 무통주사 조절기를 연거푸 누르고 있었다.

노 마담 보게나

여보시게 친구, 나 미시즈 윤 마담. 텃밭 가꾸기에 하루해가 짧다는 친구의 텃밭에는 어떤 꿈이 올망졸망 키재기를 하는지 궁금허구먼. 지금 이 생강에 대금가락 연주를 듣고 있는데 아주 사람 죽여주는구먼! 가끔씩 클래식을 들어도 보는데 이명장의 대금소리 죽은 영혼도 춤추게 할 것 간혀. 난 한없는 나르시시즘에 허우적대다 보면 한 많은 영혼들과 한판 살풀이 하고 있는 기분이 들어. 질척거리는 이 감정은 무엇인지 별똥별이 수없이 눈가에 지네. 설 지난 무우바람 든 듯 가슴에 구멍이 뚫린 지가 수년인데 명장의 대금소리 쏴악 밀려들어 온 밀물처럼 바람구멍을 막아주는 듯해서 좋아!

영감한테 허한 가슴 바람 좀 막아 달라 수년을 매달렸건만 쓸데없는 감정만이 인정에 거절 못 하는 내 맴을 알았는지 구멍 난 가슴에 삿대를 들이밀잔 혀. 며칠 전도 내가 운전하게 되면 영감 혼자 놀아야 할 거라고 엄청 두런거렸지. 내 쭝 얼 쭝 얼~! 뒤 둥글어진 입을 보고도 영문을 모르는 듯 영감은 내 오랜 습일 거라 먼 산 보듯 하네. 이 할멈 뚱해져서 입에 재갈 물으니 사태 파악했나 살갑고 부드러운 몸짓으로 안색을 살피고 그 쓸쓸한 명함판 또 무엇인지 검나 안쓰러운 마음 삐죽! 모질지 못한 이 할멈, 매너리즘에 도드리장단을 맞추게 하니 이래저래 걸림이 많네. 함께 있을 때와는 다르게 전화를 할 때 보면 말 여, 또 검나 보들보들 살핌은 이 뭐라는 것인지!

여러 가지로 영감 내 맴을 접었다 폈다 영감 덕에 나 합죽선을 만드는 명장 되겄어. 영감과 사십여 년 물들이며 그려대던 이맘 저 맴 폈다 접은 마음 다 펴놓으면 나, 전주 한옥마을에 합죽선 전시관 하나 만들어도 헐 것이여. 근디말여, 이 영감이란 말, 참 정겹고 만 참 부르기 좋고 만 모쪼록 영감이란 말 질게 불렀으면 좋것어. 알고 본 게 영감이란 말이 아무나 듣는 소리가 아니더라고! 한자리해야 들을 수 있는 명칭인데 남들은 그것도 모르면서 왜? 영감이라 하냐며 핀잔을 주더라니까~! 사실은 나도 나중에 알게 되었는데 무지한 아내가 작위를 수여한 덕에 사십여 년을 정3품 당상관 고위직의 부부로 살았더라고~! 우리에 위신을 확장시키는 대통령이 한 말 있잖여, '형식이 내용을 지배 한다고' 그래서 인가 지금까지 살면서 영감 품게 덕인지 자칭 대기만성형 이라며 호기를 부릴 때 보면 든든해 보여서 좋아! 정1품 정경부인은 아니어도 정3품 당상관 부인 괜찮잖아!

무쪼록 우리영감 내 곁에 오래 있었으면 좋것어. 평생을 벼슬이라고 해 본일이 없는 내가 영감덕에 작위적作爲的이지만 정3품 부인으로 사십여 년 쪼옴 지겨워서 몇 해 전 내 욕심이 생겨 소리소문없이 갑자기 품계를 펄쩍 왕비로 올렸지. 이건 이조역사이래 없는 일이여. 핸드폰 문자를 날릴 때마다 왕비라고 처음엔 조~옴 쑥쓰럽더만 애라 한번 터진 길이니 질을 내버리자 했지, 원래 길이란 게 있었간디 전인미답도 사람이 다니면 길이 되는 것이지! 내가 왕비면 영감은 왕인께 좋잔혀. 어쩌느냐 물어보니 "다 지 맴인디 어쩌!" 그 표정 어쩐 줄 알아? 어미 품 안에 젖배 부른 아이 같더라고~! 군君으로 즉위, 한 사년인데 양위할 일 없이 종신토록 쭈~~~욱 왕으로 살다 가라 혀야 쓰것어!

이씨왕조에 왕비가 파 평 윤 씨가 가장 많은데 수백 년 지나 소정공파 36대손에서 왕비 배출했다고 '그대 지금 꿈꾸고 있는가?' 라는 말, 나이 들어가도 자주 듣는데 친구 어쪄? 상상 재미있잖아 지금 이 나이에도 꿈을 꾼다고 나의 정서가 매 마르지 않았다는 징표 아닌 감네. 그와 함께 있을 때 정말 내 왕비 같은 착각을 한다니까. 해외 토픽을 보니 요즘은 먼 이웃 나라에서 자기들이 땅을 사서 분리해 나라를 만들고 왕이 되더라고. 딸이 하도 공주가 되기를 원해서 딸 소원 풀어주려 그런 사람도 있더라고. 우리 아버지가 오래전에 장만한 널직한 가족묘지가 36대손이 벌 때처럼 일어나는 자리라고 시력 좋은 지관이 예연처럼 말했다는디. 출가외인 딸이 명당 덕 다 보고 있는 것 간혀. 내 오늘 밤엔 왕과 함께 경복궁 후원을 산책 한번 나가볼까 생각중이여 세자내외와 공주 내외 세손들 거느리고. 우리 집 왕 올해 생일잔치 경복궁 후원에서 한판 벌여볼까 싶어. 아~싸!

내 그때도 이 생강에 한 맺힌 대금가락 베이스로 깔아야 것어. 정3품 품계도 아내 덕, 君도 아내 덕, 이 정도면 내조의 여왕 타이틀은 윤정희 것이징. 내 덕으로 내 남자 팔자 좀 뒤집어 주려 한 삶이 뜻대로 되지 않아 아쉬움이 많았는디. 당신은 나에 왕인 게 쭈~욱 왕으로 살라혔어. 또 어느 날 쿠데타 일으켜 여왕 되것다. 할런지 모를 일이니 왕비 쉽게 보면 안 된다고 아닌 꼴은 못 보는 성질 알지라고 협박까지 했지. 아무래도 쪽수에서 왕비에게 왕이 밀릴 것 같으니 높은 자리 앉아다고 젊은 날처럼 내 말에 귀 닫아 버리면 바로 군으로 강등降等 32평, 나에 궁빈전

嬪殿에서 나가여 헐거라고. 나이 들어가니 왕비 간이 배 밖으로 나왔어.

평균적으로 간에 무게가 1.5kg 이라는디 요즘 왕비는 2kg 정도 되는 거 같혀. 이 편지 보고 마냥 웃어도 좋아 친구, 허연 배꽃처럼 웃는 친구에 모습이 떠오르고 노 마담 생각만으로도 기분이 좋고만 그려! 그럼 또 보세나.

손경호

가을 달빛 아래 귀뚜라미 우는 속내가 궁금하다.
보낸 여름의 아쉬움인지, 마주한 가을풍요의 기쁨인지,
지는 낙엽 슬픔과 오는 겨울추위의 무서움인지.
깊은 밤 창밑에서 귀뚜라미 우는 소리가 자꾸 크게 들린다.

- 수필 -

담뱃갑 속에 들어간 여인

유월절逾越節

히데요시秀吉와히데이에秀家의죄를묻다

P R O F I L E

경북 경주 출생, 대구대학교 대학원 사회개발학과 졸업
『월간 한국시』 수필 등단.
계간문예작가회 중앙위원, 문파문학회 회원
저서: 수상록 『동초(東樵)의 고백』. 수필집 『사랑할 줄 모르는 남자』

담뱃갑 속에 들어간 여인

사람끼리 서로 가깝게 사귀어서 두터워진 정情을 정의情誼라고 한다. 정이 쌓이고 쌓여 두터워져야 하니 돈독한 정의가 되려면 정 쌓는 시간이 꽤나 오래 걸릴 것 같다. 그래서 가까운 친구라도 죽마고우처럼 오래된 친구라야 정의가 깊다고 보는 거다. 쉽게 사귀어 정 잘 주고받는 사람도 있고, 굼떠서 오래 뜸 들이는 정 없어 보이는 사람도 있으니 사람마다 정 쌓는 시간에 장단의 차이는 있게 마련이다. 하지만 마음 문을 활짝 열어 서로 상대 마음 밑바닥의 진심을 들여다볼 수 있게 되면 정 쌓는 시간이 늘 길게 필요한 것만은 아닐 수도 있겠다. 서로 속마음을 터놓으면 쉽게 사귈 수 있다는 간담상조肝膽相照라는 말도 있으니까.

아주 오래전 내가 공직의 일선 민원 부서에 근무할 때였다. 한 아낙네가 직조공장에서 힘든 일을 하다가 퇴직했는데 밀린 월급을 오랫동안 못 받았으니 그걸 해결해 달라는 민원을 처리한 일이 있다. 젖병 꼭지를 입에 물고 옹알대는 젖먹이를 등에 업고 나타난 아낙네의 행색으로 보아 무척 딱한 처지임이 분명했다. 사장의 위압에 눌려 차일피일하다가 어쩔 수 없이 관청 힘을 요청하게 되었다는 하소연이었다. 그런 사연이야 흔한 일이기는 해도 등에 업혀 빈 젖병을 입에 문 아기에게 눈이 쏠린 나는 혼신의 힘을 다해 얼른 처리해 주었다. 품 안에 품고 모유를 물려야 할 아기를 떼어놓고 엄마는 밤낮없이 공장에 나가 힘든 일을 해야 했던 것 아닌가. 혼자서 몇 달을 끌던 일이 쉽게 해결되자 그녀는 감개무량해 하면서 책상에 이마가 닿도록 두 번 세 번 절하며 인사하고 돌아갔다.

아이 업은 여인이 다시 사무실 출입문 유리창밖에 나타나서 기웃거렸다. 멀찌감치 내 시선이 마주치자 얼른 물러서며 피하는가 싶더니 다시 다가서서 까치발을 하는 걸 봐서 나더러 문을 열고 맞이하라는 신호가 분명했다. 왜 저러지? 문을 열고 연유를 묻자, 그녀는 고개를 숙인 채 안절부절 못해 하면서 대답 대신 업힌 아기의 엉덩이를 받치고 있던 두 손을 뻗어 불쑥 내 코앞에 내밀었다. 신문지에 싸인 네모난 물건을 내밀고 있는 그녀의 손은 마치 겁에나 질린 듯 가늘게 떨고 있었다. 얼떨결에 받아 겹겹이 싸인 신문지를 푸는 사이에 그녀는 어느새 휑하니 사라져 버리고 말았다. 신문지 안에는 '파고다'* 담배 두 갑이 들어있었다. 뜻밖의 난감한 처지에 놓인 나는 한동안 그 자리에 서서 장승처럼 멍하니 허공만 쳐다보고 있었다. 허 참! 받은 담배를 책상 위에 털썩 올려놓고 나는 한참 동안 생각에 잠겼다. 집에 가져가서 힘든 일 나갔을 바깥 양반에게 드리라고 돌려주지 못한 것을 크게 한탄하면서.

진심이란 사람마다 가지고는 있어도 허심처럼 아무에게나 쉽게 들어내 보이지 않는다. 품삯이 미뤄진 데는 필유곡절이었겠지만 나는 애당초 더 구구절절한 사연을 들어볼 필요를 느끼지 않았다. 그 무슨 곡절이 그녀의 고된 땀 값보다 엄중했겠는가. 아마도 그녀의 언덕배기 쪽방 쌀자루에 남은 알곡이 그 날 저녁밥 짓기에 충분하지 않았을지도 모른다. 엄마 새의 등에는 새끼 새 하나가 업혀서 어미가 물어다 줄 먹이를 입 벌리고 기다리고 있지 않았던가. 고대하던 땀 값 봉투를 받아 든 어미 새는 새끼 새를 제치고 담뱃가게로 달려가 꼬깃꼬깃 신문지에 '담배 선물'을 쌌던 거다. 자신의 딱한 사정을 읽어준 나의 진심에 고마워하며 그녀의 진심도 대답으로 내보여주고 싶었던 거다. 아낙네와 나는 이미 서로의 간과 쓸개를 들여다 본 건데, 생면부지의 아낙네와 짧은 시간에 오간 이런 경우의 정도 정의에 해당 되리라.

반세기나 지난 담배 뇌물사건(?)을 지금 되뇜은 아기의 우윳값을 축낸 양심 고백인가? 청렴 공직의 알량한 명분을 살리기 위해서라도 아기의 우유병을 채우라며 즉석 거절하는 기지奇智를 왜 못 보였던가? 그랬다면 오히려 그녀에게는 큰 낙담 상처가 되지는 않았을까? 세상에는 온통 인정머리 없는 매정한 사람들만의 사막이라고. 진심 거절은 자칫 배신으로 보이기 십상인데…. 그렇다. 아낙네의 진심으로 가득했던 그 담뱃갑은 그냥 담배가 아니라 한 여인이 그 속에 들어가 있는 무거운 담뱃갑이지 않았던가. 내치기 버거웠던 그 진심경험은 누가 뭐래도 내게는 흔치 않는 행운이었다. 비록 '진심 거절 불이행 죄'의 죗값을 호되게 치르더라도 그 정의情誼만은 진주알이라서 버릴 수가 없다. 세월의 바퀴가 돌리는 창밖의 허심만상은 늘 공허하기만 한데, 오늘따라 그때 파고다 담뱃갑 속에 들어간 여인이 크게 떠오른다.

---

* '파고다'는 1960년대의 일반 담배의 상표 이름이다. 담뱃갑에 서울탑골공원-옛 파고다공원-10층 석탑이 그려져 있었다.

유월절逾越節

파란만장 끝에 이스라엘을 건국하여 강국으로 경영하고 있는 유태민족은 과거의 고난을 되새김질하는 그들 특유의 행사가 하나 있다. 바로 유태력 1월 14일의 유월절逾越節 행사이다. 그들의 조상들은 이집트의 노예로 끌려가 태산 같은 바위를 끌어다 피라미드를 짓고 수천 리 나일 강둑을 쌓아 홍수를 막는데 육탄으로 쓰였다. 끌려가고, 혹사당하고, 목숨 바친 치욕과 고난의 조상역사다. 그 선조들이 고난을 탈출한 날을 잊지 말자며 다짐하는 날이 유월절이다. 거친 밀가루 떡, 무교병無酵餠을 깨물고 쓴 나물을 씹으면서 조상들의 고난을 되새기고 다시는 그런 수난이 없도록 하자는 맹세를 하는 것이다.

현재에 사는 우리가 과거를 알아야 하는 이유는 현재를 올바로 이해하고 미래를 예측하는 지혜를 얻고자 함에 있다. 그러므로 과거, 현재, 미래는 연속된 한줄기의 흐름이어서 결코 단절하여 토막으로 보지 말아야 한다. 역사를 공부하는 이유이다. 반도의 우리 배달민족도 반만년 긴 세월 동안 일천여 번에 가까운 외침을 견뎌내야 했던 처절한 과거를 가지고 있다. 그런 우리는 유태인들이 유월절을 되새기는 것처럼 의미 있는 교훈을 주는 행사 날이 언제인가? 국권 침탈에 군왕이 머리를 땅바닥에 치며 조아려 비굴했던 역사를 가르치는 학교나 제국주의 폭압에 치를 떨며 절규했던 시대를 회상하는 삼일절 만세삼창도 유태인들의 유월절만큼 진지하지는 않은 것 같고, 공산주의 만행이 짓밟고 앗아간 강토와 흩어진 혈육을 되돌리는 일도 건성이기는 매한가지다.

무산 노동계급이 자본계급에 대항하여 얻어낸 부富를 누리게 되면 지난날의 분발을 잊어버리고 점차 주어진 현재에 안주하게 된다. 독일의 두비엘Helmut Dubiel이 말한 이른바 시민화 효과다. 이 같은 시민사회현상의 설명은 역사인식에도 이어질 수 있다. '전쟁을 준비하면 전쟁이 일어나지 않는다.' 평화시대(비록 온전한 평화가 아니더라도)에 오래 젖어들면 수난시대를 잊어버리고 늘 평화일 거라는 착각에 빠지게 된다. 가짜 평화가 진짜 평화로 보이는 착시현상이다. 그게 수난을 불러올 위험천만한 일임에도 사람들은 잘 알아채지 못한다. 전쟁에 대비하지 않으면 전쟁이 오고, 고난에 대비하지 않으면 고난을 겪게 된다. 그러고 보면 유태인들이 실천하는 유월절 고난 체험은 바로 철저한 고난 예방 행사이다.

'말 타면 종 앞세우고 싶다.' 프랑스의 디드로Denis Diderot는 서재용 가운을 선물 받고 그 가운에 맞춰 책상과 의자도 차례로 바꿨다. 가운이 생기지 않았으면 책상도, 의자도 바꿀 생각을 하지 않았을 텐데, 새 가운의 말이 생겼으니 새 책상과 새 의자의 종이 필요했다. 이른바 디드로 효과다. 지구촌 70억 인구 중에서 하루 10달러 이상을 쓸 수 있는 인구수는 불과 10%에 불과하다. 대학교육을 받았거나 받을 수 있는 사람 수도 1%를 넘지 못한다. 중학교까지는 의무교육이고 고교생의 대학 진학률이 열에 여덟을 넘는 우리는 대학 등록금 지원이나 무상급식을 할지 말지를 놓고 서로 아귀다툼하는 현실은 너무 행복한 고민이 아닌가. 모두가 얼추 행복해(?)지니 모두가 불행하게 느껴지는 상대적 박탈감 때문이다. 소득 3만 불 시대가 눈앞에 와있지만 아우성치는 소리는 70불일 때보다 훨씬 더 시끄럽고 더 시퍼렇게 날이 섰다. 당나귀를 타다가 준마가 생기니 너무 많은 종을 거느리고 싶어 하는 게 아닐까.

시민화 효과나 디드로 효과를 누리는 것도 '자유'라고 말할지는 몰라도 그 자유가 뿌리에서 썩으면 무슨 소용인가. 모래 위의 누각에서 부리는 오만은 일장춘몽 허세다. 지금의 자유를 키워서 더 큰 자유로 만들고 영원할 수 있게 하려면 작은 자유라도 엇나가지 않게 관리하는 지혜를 발휘하지 않으면 안 된다. 나라 빼앗긴 굴욕을 벗어나려 장렬히 목숨 바치고 피 흘린 선조들을 생각하며 보릿고개를 이겨낸 앞세대의 인내에 감사하는 일이 그 관리해 나가는 첫 번째 일이 되어야겠다. 선대의 발자취를 뒤돌아보면 사상누각의 재앙을 방비하는 슬기가 바로 거기에 있다. 우리의 유월절은 도대체 어디에 있나?

히데요시秀吉와 히데이에秀家의 죄를 묻다

사람이 지은 죗값을 묻는 형벌 중에서 가장 무거운 형벌은 생명을 빼앗는 극형, 즉 사형이다. 그러므로 개인이 저지른 죄를 죄인의 사후死後에는 물을 수가 없다. 사자死者에게 이미 없어진 생명을 내놓으라는 것이 되니 그렇다. 그러므로 개인의 형벌 책임에서만은 사자는 무죄다. 생자生者의 사형제도에 대해서도 존치여부를 놓고 논란이 있기도 한데 민주국가에서 사자에 대한 형벌은 국가의 형벌권 남용이고 인권(명예)을 침해하는 일이 된다. 사체를 훼손하는 일이 무거운 범죄행위가 되는 이유이다. 하지만 근대 이전의 절대왕정에서는 사자에게도 형벌이 내려졌다. 이른바 부관참시剖棺斬屍가 그거다. 죄인의 사후에 대역죄大逆罪와 같은 큰 죄목이 드러났거나 생전에는 위세에 눌려 죄인의 죄를 감히 논할 수 없었을 때는 사후에라도 죽은 죄인의 무덤에서 시신을 끄집어내 목을 치고 저잣거리에 매달아 살아있는 사람들을 위협하는 절대 권력을 인정했다. 군왕은 천자天子였으니 그게 허용되었다.

16세기 말, 임진왜란 때 조선을 침략한 왜의 장수가 조선의 선대왕 능을 파헤친 일이 있었다. 조선을 집어먹을 요량으로 부산포에 상륙한 도요토미 히데요시豊臣 秀吉의 왜군은 불과 18일 만에 한양 도성을 함락할 정도로 파죽지세였으니 조선왕을 쉽게 사로잡아 무릎을 꿇리기로 작정했던 모양이다. 하지만 국왕, 선조는 피신하고 백성들이 의병을 일으켜 이십만 침략대군에 맞서니 당황했던가 보다. 싸움이 뜻대로 되지 않아 장기전으로 늘어지고 오히려 패색마저 찾아드니 얼른 승전장수가 되어 큰 몫을 차지해야 할 왜장의 의기소침이 좀 했을까. 조바심에 이성을 잃고 조선의 선대왕 무덤을 파헤치고 말았다. 이 일을 저지른 이가 왜장 우끼다 히데이에宇喜多 秀家이다. 도요토미의 심복으로 침략군 총사령관 겸 전쟁감독관으로 온 그가 전쟁책임에 대한 압박감에 사로잡혀 만행을 저질렀던 모양이다. 이렇게 파헤쳐진 능은 조선 9대 왕 성종과 왕후, 그리고 11대 왕 중종이 묻힌 선릉宣陵과 정릉靖陵이다. 서울 삼성동에 복구해놓은 세 능은 지금 선정릉宣靖陵 또는 선릉宣陵으로 통칭되고 있다.

사람이면 할 수 없는 이 야만은 차마 입에 오르내리기도 민망하지만 한번 짚어 보기나 하자. 두 선대왕이 왜에게 지은 죄가 무슨 죄이기에 부관참시하나? 침략군의 일개 장수가 상대국의 선왕을 처벌할 수가 있나? 전장에서는 적이라도 장수는 함부로 다루지 아니하고 잡아온 병졸도 함부로 다루지 않는다. 하물며 임금을, 그것도 지하에 묻힌 선대왕과 왕후의 시신을 건드리다니 야만도 이런 야만이 천하에 어디 있나? 시신을 불태우고 부장품까지 모두 훔쳐갔으니 왜의 히데요시는 도굴범죄 집단의 괴수이고 히데이에는 짐승만도 못하다. 그들이 저지른 사체 훼손과 유품절도의 죄는 천벌로도 부족이다. 지루한 협상 끝에 범행 13년 만에 넘겨받은 도굴범이라는 두 놈의 병사를 처단하기는 했지만, 이 처벌이 위로는커녕 오히려 분노주머니를 들쑤셔 놓는다. 그 거대한 범죄를 겨우 두 병졸이 저질렀다고? 소가 들어도 웃겠다. 왕국 짓밟은 상처를 고작 두 병사 추궁으로 봉합했다니 허망하기 짝이 없고 오장육부가 뒤틀려 봉합 실이 터져 버린다.

420여 년 전에 히데요시와 히데이에가 저지른 불의不義의 죄는 자연인

두 사람의 죄를 넘어 지금의 일본국가의 죄이다. 현재의 일본은 과거의 일본과 한 몸의 역사공동체이기에 그렇다. 단순한 개인이 저지른 사자 무죄와는 별개이고 국가가 단죄의 책임에서 벗어나지 못 한다. 그게 정의正義다. 나치 히틀러의 지난 과오에 대하여 현재의 독일이 고개 숙이는 이유가 바로 여기에 있다. 고래로 왜인들이 반도에 저지른 만행역사는 너무도 깊다. 시시때때로 해안 포구를 짓밟아 노략질하고, 선민善民 살육을 일삼고, 수많은 문화유산을 도적질해 간 그들이다. 지난날의 반도 침탈 야욕은 이렇게 대를 이어 내려왔으니 그들의 골수에는 침략유전인자가 깊게 새겨져 내려오는 모양이다. 근대의 식민 탄압 역사를 반성하라는 우리의 요구에는 더 오래전에 저지른 그들 선대의 뿌리 깊은 과오까지 싸서 하는 요구이기에 더욱 엄중하다. 이제라도 일본국은 대답하여 침략유전자를 지워야 한다. 그게 인류공동체에 대한 예의다.

김점숙

살아있는 의미를 마음껏 느끼고 싶은 가을이다.
언젠가는 나도 튼실한 알곡 하나 안을 수 있겠지.

- 시 -

P R O F I L E

시계문학회 회원

너의 목소리가 들려

길조차 보이지 않는 계곡에
밤이 찾아와
물소리로 온 산을 채우고

홀로 앉아 너를 불러
빈 잔 앞에 두고 차를 마신다

창 열어
바람 별에게 소식 물어 고개 드니
느릅나무 가지만 자라고

짓다 만 너의 황토집
언제쯤 돌아와 따끈한
구들에서 지친 몸을 위로할까

몽당연필

꿈꾸는 무대
황홀도 하여 그칠 줄
모르는 춤사위
불어 터진 발가락

모두들 서둘러 달려가는
거리에서
벗어 던진 맨발

두려운 몸짓으로 빈약한
한계를 넘어서려는 숨 가쁨

때로는 하늘 우러러 눈물 지우며
제 살을 깎는다

비 갠 저녁

앞산 바라보니 계곡 사이
연기 한 가닥 품고 안개 비켜간다

눅눅한 오막살이 불 피워
감자 삶는 냄새

작은 텃밭 열무
물김치로 익어

포슬 포슬 뜨거운 감자의
눈 맞춤

별빛으로 살고 있던
사람이 그립다

시작

장마 문 앞에 서성이며
숨겨 둔 마음 자꾸만 부풀어

폭풍 전야 어둠 몰고
폭약 하나 일어서

내일을 예비한 봉선화
가슴은 터질 것 같아
온몸이 꿈틀꿈틀

후두둑 떨어지는 경고음
푸석푸석 마른 숨을 토하며
여름 속으로 뛰어간다

양초 공예

피우지 못한
뭉개진 너의 손끝이
기다림으로 아프다

우연을 가장한 필연으로
태어난 스핑크스 수수께끼
침묵으로 서서

어두운 우물 속 잉어 한 마리
너를 마중하여

불 밝히는 그 날에
눈인사 나누고픈 꿈을 꾼다

사방이 초록으로 둘러싸인 풍경을 보다가
그리운 사람에 대한 바람을 쓴다

- 시 -

바램

초록 숲

목련꽃 떨어지는데

- 수필 -

졸업여행기

여름을 지내며

P R O F I L E

서울농협 정년퇴임
방송통신대학 졸업
시계문학 회원

바램

먼발치서 손짓하는
환영幻影인가
그대
내게 가까이 오라

나 그대 껴안은들 어떠리

바닷가 조약돌도
비비고 뒹굴어
낮밤 없이 정다운데
바라만 보지 말고
우리도 가까이서
곰살맞은 정
듬뿍 나누어 보자

그대
내게 가까이 오라

초록 숲

한어름 초록 숲
이 산등성이 저 산등성이
수박색 주름치마

절정을 잊은 젊음이
굶주린 배 채우고도 남을
두껍게 발라진 채색
그건
초록 바다가 된다.

밤이 오면
창망한 밤하늘은 별빛도 찬란해

깊어가는 밤
잃어버린 영혼들이 수군수군 모인 시간
수목들끼리 얘기 소곤거리고 있어

밤을 새고 나서
못다 한 이야기는 남아있어도

이슬 머금고

산야의 초록 숲은 짙어만 있다.

목련꽃 떨어지는데

봄꽃 필 때처럼
미소 크게 지었는데
향기로운 꽃 시절
지나가네요

목련꽃 뚝뚝 떨어지니
내 마음도 아픈 것을
그대는 왜 꽃이었나요

내리는 봄비 맞으니
그대 맘도 쓸쓸하겠지요
마음만 오가다가
먼 산 바라볼까요

이 비 그친 맑은 날에
미소 지으며 다가와
이제는 그만하고
내 손 좀 잡아줘요

졸업여행기

2월 9일 (월)

2박 3일 졸업여행을 위하여 집을 나서니 몹시 추운 날씨다. 9시까지 성남 학습관에 모이기로 했으나 사정이 생긴 학우가 있어 20분 늦게 장 교수님과 나 그리고 여학우 4명이 모두 집합이 되어 준비된 승합차로 첫 행선지 청송 주왕산으로 향해 출발하게 되었다. 내비게이션 안내에 따라 수원 톨게이트를 통과해 영동 고속도로로 진입해 달려가고 있다. 원주 가까이서 중앙고속도로로 바꿔 타고 남쪽을 향해 달린다. 6명 모두 들뜬 기분이다. CD에서 흘러나오는 음악도 감미롭게 들린다. 일상에서 탈출하는 기분은 여행의 묘미랄까 두어 시간을 달리다가 휴게소에서 들어가 장 교수님이 밤을 새워 준비해온 유부초밥, 김밥, 선숙 학우가 준비해온 삶은 계란과 과일, 과자, 사탕, 생수 등 먹을 것이 지천이다. 그것으로 점심을 먹고 또 출발 서안동 IC를 빠져나오니 구불구불한 좁은 국도다. 점숙 회장 운전 솜씨가 대단하다고 느끼며 온갖 잡담 등으로 지루한 줄 모르게 목적지 주왕산 입구에 도착했다.

차에서 내리니 아직 겨울바람이 매우 춥다. 우리는 기이한 주왕산 암산을 배경으로 인증샷 몇 컷을 찍고 추위를 피해 주막으로 들어가 파전과 동동주를 한 잔씩 했다. 모두 파전이 맛있다며 하나를 더 시켜 먹었다. 다음은 〈봄, 여름, 가을, 겨울〉의 촬영지로도 유명한 주산지로 차를 몰았다. 나는 이곳을 몇 차례 왔지만 주산지는 처음이다. 10여 분 산 중턱을 향해 올라가니 주산지 주차장이다. 차를 주차 시키고 걸어서 조금 올라가니 SNS의 사진으로 많이 보아온 호수 가운데 나무들이 듬성듬성 끈질긴 생명력을 과시하며 장구한 세월을 버텨온 것이, 이곳 볼거리를 더 가치 있게 해주는 것으로 감탄이 절로 나온다. 호수는 물론 꽁꽁 얼어있는 상태다. 추운 날씨 탓인지 우리 일행 외에는 노부부 한 쌍밖에는 없었다. 우리는 이곳저곳 옮겨 다니며 사진이 잘 나올 것 같은 곳을 찾아 열심히 사진들을 찍고 차 있는 곳으로 내려왔다. 객주문학관을 가려고 교수님이 알아보니 월요일은 휴관이란다. 계획을 일부 수정해서 내일 문학 기행은 다 끝내기로 하고 숙소로 정해진 송소 고택으로 차를 몰았다.

이곳이 청송 덕천리 심 부잣댁이란 곳이다. 야트막한 산이 뒤로 병풍처럼 둘러졌고 그 앞 평지에 고 기와집들이 한 동네를 이룬 듯싶다. 중심부 솟을대문을 들어서며 주인을 불렀다. 넓은 마당에서 이곳저곳을 두리번거리고 있으니 어느 한켠에서 중년 남자가 나왔다. 미리 얘기가 된 상태라 그 주인은 바로 알아차리고 우리를 안내하며 시설물 사용 안내와 주의사항을 말하고 남자 방 여자 방 각 한 개씩을 배정해 주었다. 큰 방은 여자들 방이고 기둥을 돌아 대청마루 안쪽 작은 방은 교수님과 내가 쓸 방이다. 이곳은 1800년대에 당시 만석꾼 부자였던 송소 심호택이란 분이 지은 99칸 대저택이다. 현재 주인은 그분의 증손되는 분이 거대 고가를 관리하며 전통가옥 숙박을 원하는 사람들에게 유료 숙박업을 하고 있다. 고가의 외쪽 문인지라 단열이 안 되어 추울 것 같은 걱정이 들었다. 그러나 막상 방으로 들어가니 방바닥이 뜨끈뜨끈한 온돌방이었고 바닥은 종이 장판에 옻칠을 해서 황갈색으로 반질반질 윤이 났다. 추울 것 같은 기우는 사라졌다. 다만 옛말에 화장실과 처갓집은 멀어야 한다는 말처럼 화장실과 세면장이 멀리 떨어져 있는 것이 흠이라면 흠이었다. 짐을 풀고 주인의 안내대로 동네 입구에 있는 식당에서 저녁 식사를 했다. 나중에 안 사실이지만 새로 지은 것 같은 한옥식당은 주인의 부인이 운영하고 있었다. 식사 후 주변 구경을 하고 여 학우들이 사용할 큰 방에 모여 장 교수님이 준비해온 윷놀이며 여러 게임을 두 편으로 갈라 밤 늦는 줄 모르고 재미있게 놀다가 각기 자기들 방으로 가서 깊은 잠을 푹 잘 수 있었다.

2월 10일 (화)

푹 자고 아침에 일어나니 온돌방은 더 뜨거운 지경이다. 장작불로 방을 덥힌다는 이 집 난방 방식이 참 신기하게도 아침에도 식지 않았다. 실은 어젯밤에 이 동네 일대가 수도가 고장이 나서 단수가 되었는데 아침 늦게 물이 나오는 바람에 어렵사리 머리 감고 세수는 할 수 있었다. 그곳 식당도 단수 바람에 아침 영업 준비가 안 됐는지라 우리는 이동하면서 적당한 곳에서 아침을 먹기로 했다. 객주문학관으로 가는 도중 진보 전통시장이 보여 인근 파출소에 주차를 시키고 시장 내의 음식 잘한다는 집을 수소문해서 찾아 들어가 일반식으로 아침을 맛있게 먹고 객주문학관을 찾아갔다. 해설사는 아직 출근 전인지 없었다. 김주영 작가는 어려운 환경 속에서 문학에 대한 열정으로 서라벌예대에서 박목월 선생에게서 시를 공부했으나 시는 접는 게 좋겠다는 교수님 말을 듣고 소설가가 되었다고 한다. 대 장편 「객주」를 집필하기 위해 고유어와 재래시장을 돌며 하층민들의 언어를 찾아내기 위하여 고군분투했다고 기록되어있다. 이름 있는 작품 및 작가는 거저 만들어지는 것이 아니고 엄청난 노력 끝에 이루어진다는 것을 알 수 있게 했다.

다음으로 도산서원을 향해 이동했다. 내비게이션 덕분에 큰 어려움 없이 도산서원에 도착했는데 앞은 넓은 안동호가 만수위로 버티고 있었고 서원은 일부 중수공사를 하고 있었다. 우리들에겐 그런 건 문제가 되지 않았다. 500여 년 전 동양 최고 대학자의 흔적을 살펴본다는데 일종의 경외감마저 들었다. 당시 왕이 곁에 두고 싶어 아무리 좋은 벼슬을 내려도 사양하고 어지러운 세상을 계도하기 위해서는 후학을 양성하는 것이 중요하다는 일념을 꿋꿋이 지키며 학동들을 이곳 서원에서 가르쳤다고 한다.

다음은 이육사 문학관으로 향했다. 퇴계 선생의 후손이라 그런지 도산서원에서 그리 멀지 않은 곳에 있었다. 저항시인 이육사는 독립운동을 하다가 일제에 의해 여러 번 감옥에도 갔는데 그때 수인 번호가 264이었고 그것을 필명으로 했다는 것이다. 임은 조국 독립을 위해 서울, 대구, 안동 그리고 중국 봉천, 북경, 천진, 남경 상해 등지를 오가며 독립운동을 하다가 광복을 보지 못하고 1944년 옥사할 때까지의 주옥같은 시들이 액자에 넣어져 진열되어 있다.

지금은 눈 내리고
매화향기 홀로 아득하니
내 여기 가난한 노래의 씨를 뿌려라

-「광야」의 첫머리

내 고향 칠월은

청포도가 익어가는 시절

이 마을 전설이 주저리 주저리 열리고

먼데 하늘이 꿈꾸며 알알이 들어와 박혀

-「청포도」 일부

눈에 익은 액자에 담긴 시들을 훑어보며 시인의 거룩한 마음을 접하는 것 같다. 나라의 독립을 그렇게 원했던 님이 해방을 보지 못하고 일제에 의해 옥사한 것이 너무 애통하다. 님의 굵직한 기품의 싯귀가 귓가에 울리는 듯하여 가슴 뭉클한 감동을 느끼지 않을 수가 없었다.

이육사 문학관을 뒤로하고 월영교를 찾았다. 달그림자에 비치는 다리라는 뜻인가? 안동 시내를 가로질러 흐르는 낙동강 위에 놓인 목책교로 아내가 머리카락을 잘라 남편 미투리를 만들었다 라든가? 이런 애절한 설화를 간직하고 있는 다리다. 목책교 위를 밤에 걸으면 조명을 받아 환상적인 운치를 보일 것 같다는 생각을 해보며 인증샷을 하고 영양으로 방향을 돌렸다. 그곳에는 조지훈문학관과 이문열 생가가 있는 곳이다. 이문열 생가는 시간이 모자라면 생략하기로 하고 1시간가량을 시골길을 달려 지훈 문학관에 도착했다. 이 문학관은 한식 구조로 지어져 있었다. 입구를 거쳐 진열실을 들어서니 「승무」 시가 영상으로 목소리 좋은 성우의 낭송 나레이션과 함께 자막이 지나가고 있었다.

얇은 사 하이얀 고깔은

고이 접어서 나빌레라

파르라니 깎은 머리

박사 고깔에 감추오고

본명은 동탁으로 혜화전문학교(현 동국대학교)를 졸업하고 서울을 오가며 마을의 아이들을 모아놓고 '꽃동산'이란 공부 모임을 만들어 후학 교육에도 열심 이었다고 한다. 해방 후 박두진, 박목월과 함께 『청록집』을 발간하여 청록파라 불리게 되었으며 고려대 교수를 지냈다. 한국 문학의 대가들의 발자취를 찾아보고 있는 이 순간이 감격스럽다.

다음은 관동팔경의 하나인 울진 평해 월송정을 향해 가는데 구주령九珠嶺이란 높은 고개를 넘게 되었다. 이곳이 중국 장가계에 버금간다. 정상 휴게소에 차를 세우고 산마 차가 있기에 좋다며 한 잔씩 했다. 그리고 깊은 골짜기를 내려다보니 암벽과 소나무들이 조화를 이루어 경치가 과연 절경이다. 보너스로 얻은 듯한 이 경치를 배경 삼아 사진들을 찍고 구불구불 구절양장의 내리막길을 내려간다. 한참을 가서 월송정에 다다랐을 때는 어둑어둑 땅거미가 내리깔리는지라 차로 휙 둘러보고 해안도로를 따라 울진 방향으로 올라갔다. 우리는 죽변항이란 곳에서 저녁을 먹기로 했다. 한참을 더 가서 죽변항에 도착해 가장 크고 환해 보이는 큰 식당으로 들어갔다. 거기서 형편에 벗어나지 않게 대게 한 마리씩과 광어회를 시켜 술 한 잔 하며 저녁을 먹었다. 그리고는 나와서 숙소를 알아보니 비싸고 마음에 드는 곳이 없다며 또 올라가며 알아볼 양으로 동해 해안도로를 따라 북쪽으로 계속 올라갔다.

가만히 생각하니 내가 아는 꽤 좋은 숙소가 생각이 났다. 그곳 사장과 연락이 끊어진 지가 한 2년 되는 것 같다. 혹시나 싶어 휴대폰에 검색을 해보니 011 옛날 번호다. 혹시나 하고 전화를 했더니 없는 번호란다. 좀 시간이 지난 후 114로 전화를 했더니 ㅇㅇ동에 그런 곳이 있다기에 나는 동은 몰라도 동해시는 맞으니까 연결해달라고 해서 사장과 통화가 됐고 전망 좋은 방 두 개를 싼값에 미리 얻었다. 약 2~30분을 더 가서 그곳에 도착을 했고 7층 방 하나는 여 학우들 방, 3층 방 하나는 교수님과 내가 쓸 방으로 안내되었고 우리 모두는 대만족이었다. 두 개의 방이 모두 방에 앉아서 넓은 바다가 내다보였고 베란다에서 낚시를 해도 될 만큼 바다 쪽으로 바짝 붙어 있었다. 그날 밤 우리는 바다 경치를 안주 삼아 가지고 간 캔 맥주와 소주를 있는 대로 다 마시느라 새벽 2시가 되어서야 각자 잠자리에 들었다.

2월 11일 (수)

꿀맛 같은 잠을 자고 8시가 거의 다 된 시간에 잠을 깼다. 바다는 수평선 저쪽에서부터 붉게 물들어 있었고 해는 수평선에서 5~6m 정도 올라와 있는 상태다. 일출을 못 본 것이 아쉬웠다. 휴대폰을 들고 베란다로 나가 태양 쪽을 향해 붉게 물든 바다 경치를 찍었지만 마음에 드는 것이 나오지 않았다. 나중에 우리가 있는 가까운 곳 왼쪽에서 오른쪽으로 어선 하나가 꽁무니에 갈라진 물살을 남기며 지나가고 있었다. 그것을 태양과 매치시켜 구도를 잡고 찍은 것이 그나마 마음에 들었다. 나는 마음속으로 그 사진에 제목을 붙였다. '만선의 꿈을 안고서'라고 말이다. 면도를 하고 머리를 감고 오늘을 준비했다.

모두 10시 정도 되어서야 출발 채비를 한 것 같다. 우리는 숙소 사장의 환송을 받으며 정동진으로 향해 출발했다. 해안 길을 따라 한참을 가다가 바닷가 적당한 식당을 보고 차를 세워 들어가 생선매운탕을 시켜 해장 겸 아침 식사를 해결했다. 그리고는 북쪽으로 얼마를 더 가서 정동진에 도착했다. 낯익은 곳이지만 일행이 다르니까 그런지 새로운 느낌이다. 겨울이라도 이곳에는 놀러 온 사람들이 꽤 많았다. 우리는 주변을 왔다 갔다 하며 백사장도 밟고 사진도 찍으면서 즐거운 시간을 보냈다. 한참 그러고 있으니 교수님이 표를 끊어 레일바이크를 타잔다. 둘 넷 이렇게 표를 두 개를 샀기 때문에 두 군데로 갈라져 타고 시간이 되어 출발을 하여 해안 레일을 따라가는 것이 환상적이었다. 동쪽은 푸른 동해 바다다. 수평선까지 눈에 가득 담으며 모두들 레일바이크가 환상적이었다고 이구동성이다.

다시 이동을 해서 오대산 강릉 쪽 어느 유원지 골짜기에서 감자국수로 점심을 먹고 진고개를 넘어 계속 영동 고속도로를 달려 횡성 둔내 어느 정육식당에서 여행의 마지막 저녁을 횡성 한우를 구워 먹었다. 그리고는 고속도로를 또 달려 여주 휴게소에서 좀 쉬고 저녁 8시경에 성남 학습관에 도착하므로 2박 3일의 졸업여행은 무사히 마치게 되었다.

여름을 지내며

올해는 8월하고도 20일이 다 됐는데도 푹푹 찌는 무더위가 조금도 수그러들 기미를 보이지 않고 있다. 때문에 온열환자가 2,000여 명에 다다른다 한다. 얼음장수는 재고가 없을 정도로 많이 팔리고 있다고 TV 뉴스 시간에 잠간 소개되기도 한다. 요즘도 한낮 기온이 섭씨 35도를 오르내리고 어떤 지역은 오늘도 37도 가까이 올랐다고 기상 캐스터가 보도를 하고 있다. 모두들 이런 더위는 처음이라고 야단들이다. 지구 온난화가 원인이라 하며 우리나라도 곧 열대지방이 된다고 우려들을 하고 있다.

그러나 요즘 전기요금이 사회 이슈가 되고 7월부터 9월까지는 요금의 얼마를 깎아 준다고 하는 정부 발표에 모두 시큰둥하기만 하다. 아예 요금 기본체계를 바꾸는 작업을 해야 한다고 정부 또는 한전에 압박을 가하고 있다. 사실이지 이번 소동으로 전기요금이 6단계로 되어 있고 최저와 최고의 누진요금 차이가 11배 난다는 것을 처음 알게 되었다. 현 요금체계가 70년대 유류파동 때 만들어진 것이라 현실과 맞지 않다느니 요금 체계가 너무 복잡하다느니 한다. 모두 에어컨을 많이 써서 요금폭탄을 우려하고 있는 실정이다. 보통가정에 월 450kW 정도 쓰던 사용량이 6~700kW는 썼다고 한다. 6~7만 원 하던 요금이 2~3십만 원씩 나오게 된다니 그래서 누진이 된 요금폭탄을 우려하고 하는 말들이다.

어떤 지인은 올해같이 유례없는 더위에 전기를 펑펑 써도 단전사고가 없는 것은 개성공단에 전기공급을 끊었기 때문이라고 한다. 어쨌거나 이

더운 여름에 전기 걱정은 안 해도 된다니 안심이다. 밤에는 올여름 내내 열대야로 고생들이 많았다. 밤마다 공원에서 서성이는 사람들이 많거나 집에서 에어컨을 켜놓고 지내기도 한다. 그래도 우리 집은 16층이라 그런지 선풍기로도 올해 같은 더위를 잘 넘기고 있다. 고층에 사는 덕을 보는 것 같다.

파월 장병으로 월남에 복무할 때가 생각난다. 40도 더위에도 그렇게 불쾌하지 않았다고 기억된다. 햇볕에 나가면 따끔거릴 뿐 습도가 낮아서인지 불쾌지수가 높지 않은 편이고 그늘에만 들어가면 시원했다. 그러나 우리나라 여름은 습도가 높아 끈적거리고 불쾌지수 또한 높은 편이어서 올해 같은 더위는 여름나기가 여간 힘든 게 아니다. 이 가마솥더위에 서로 간에 불쾌하지 않도록 조심을 해야 한다.

예로부터 삼복에 더위를 이기고 건강을 유지하기 위하여 복날에 삼계탕 등 보양식을 먹는 전통이 있다. 여름나기가 그만큼 어려웠기 때문이다. 보양식뿐만 아니라 옛 어른들의 운치 있는 여름나기의 하나는 마을 어귀 정자나무 아래에서 부채질을 하며 자연풍을 즐기는 것이었다. 요즈음은 지구 온난화로 선풍기 에어컨 바람에 살면서도 덥다고 야단들을 한다. 더구나 올해 같은 더위는 말하면 무엇하겠나.

여름 하면 생각나는 에피소드 하나가 있다. 나는 경주-포항 중간의 안강읍 이란 곳에서 경주로 열차통학을 했다. 60년대 그땐 경주가 교육 중심지여서 포항, 울산, 영천 방면에서 경주로 열차통학 하는 학생들이 엄청 많았다. 여름 어느 날 하굣길에 더위를 식히기 위해 학교 친구들 댓 명과 포항방면 첫 역이고 강과 접해 있는 나원 역이란 곳에 내렸다. 나는 수영이

미숙한데도 친구들과 옷을 벗고 강을 헤엄쳐 건너가긴 했다. 그러나 되돌아올 일이 걱정이었다. 강이래야 형산강 줄기로 큰 강도 아니었지만 한참을 쉰 후 친구들과 같이 되돌아오기 위하여 헤엄을 치다가 중간에 이르러 힘을 잃고 그만 허우적대고 있었다. 그때 옆으로 헤엄치며 지나가던 친구들이 모두 나를 구조하기 위하여 접근했다. 나는 다급하니까 가장 먼저 온 친구 양어깨를 잡고 물속으로 짓누르며 물 위로 올라와 가쁜 숨을 몰아쉬었다. 나 대신 한 친구는 물속에서 허우적거리고 있는 처지였다. 약 1분 가까이 그러고 있었지 않았나 싶은 그때 다른 친구들이 나를 밀쳐서 겨우 위기를 모면하고 모두 무사히 돌아올 수 있었다. 하마터면 익사 사고가 날 위험한 순간을 잘 넘긴 것이다. 지금도 그 생각만 하면 나 때문에 물속에 잠겨 있어야 했던 친구에게 무척 미안한 생각이 든다.

유난히도 무더운 여름을 지내며 생각난 것들을 써봤다. 말복도 지나고 처서를 눈앞에 둔 지금 새벽공기가 싸~아 하게 다름을 느낀다. 더위는 곧 밀려나겠지만 올해 같은 더위를 겪으며 지구 온난화가 심각하다는 생각을 해보자. 영원히 이어질 후손들을 위해서도 위험할 환경은 막아내자. 후손들이 겪을 고통을 생각하면 안타까울 수밖에 없는 일이기 때문이다.

가을은 느리지만 조금씩 다가오고 있고 어디쯤인가 와 있다. 금년 여름 모두 힘들었지만 조금만 더 참자! 창밖에 귀뚜라미 소리 들릴 것이고, 아침저녁 시원한 바람도 불어줄 것이다. 더위에 지친 우리네 생활공간에 생기가 돌게, 가을을 초대하는 시원한 바람이 빨리 불어 주기를 바란다. 우리 모두 조금만 더 기다리자.

어제의 빗방울
버거웠던 마음 훌훌 씻기어 가고
환한 햇살 한줄기 오늘을 밝힌다

- 시 -

백마고지

어린 시절

초승달

그리움

은행나무

P R O F I L E

평남 평양 출생
백합 문인회 회원
시계문학회 회원

백마고지白馬高地

땅속 숱한 원훈元勳의 빛 찬란하다
70년의 한恨 철원 평원.
우뚝 솟은 백마고지
빼앗기고 다시 거머쥔 땅.

녹아내린 철마는 피의 역사,
이 땅의 밑거름 되고

총탄에 산화한 심장의 혈血,
땅굴 속 꽃으로 폈네.

용광로鎔鑛爐의 붉은 기상
대륙 속으로 길게 뻗는 새 아침,

봄날 재두루미
푸른 하늘로 비상飛上한다.

어린 시절

시집과 쪽지 한 장

비 내려 우산 속
라일락 향기 가득
고궁 길
무한의 떨림

싫고,
싫고,
싫었던,
어린 시절,

하얀 눈 밟던 그 날도,
아무 말 못 하고,
뽀드득 소리 만들었죠.

발자국 보고
다시
다시 내려 보고

바닷물 소리
바람 소리
가랑잎 구르는 소리
부서지듯 아팠죠.

가슴
가슴
가슴 조이며
때리는 심장

뭉게구름 위로하듯
뒤 돌아갔죠.

초승달

찻잔 속 드리운 옛 얼굴
허공 속 아련함으로
알 수 없는 그림자 지우지 못하고,
아픔 되어 출렁입니다.

茶가 있어 그리움 되고
가슴으로 울어야 함은
내 초라한 자화상

밤 밝히는 별빛,
은하수 오작교의
기다림 되는 님에게

깨알 사연 적어
초승달 휜 허리에 올리면,

까만 밤 별똥별에 실려
총총히 갈 것 같은

언제나 알 수 없는 얼굴

더 큰 사무침 되어
찻잔 속 여울로 파도칩니다.

그리움

땅은 온종일 하늘
끌어내리고
안개 하늘 오르지 못한다.

마음의 삭신
어디랄 것 없이
크윽, 쿡!

비도 아프다는 듯
흐느끼기 시작한다.

제비 날 듯
마음의
한 없는 그리움
별님 반짝이는
밤 그립다.

새 한 마리
빗속 뚫고

훠얼

훠어얼

날고 있는데.

은행나무

은행 열매 탱탱
갈색으로
얼굴 돌리게 한다.

노란 은행잎에 취해
하나둘 손에 들면
옛 장인의 부채끌
갈린 반원

사랑 밟는 돌다리인 양
때론 이별의 돌다리인 양

노란 잎 소복한
조금은 고약하고
독기서려도

하얀 은행 알 속
윤기 나는 연두 알 나눠 먹던
은행나무 밑

너와 나의

쫄깃한 사랑이었지.

문학 이론

숲과 문학

지연희 | 시인, 수필가

숲과 문학

지연희(시인, 수필가)

숲과 문학이라는 주제로 시작되는 오늘의 세미나는 문학 속에 드러낸 숲의 이야기를 짚어보는 일이다. 더구나 캐나다의 상징적 의미는 거대한 숲의 나라라는 이유에서 벗어날 수 없는 때문이며, 함께 주제발표에 발제자로 지목된 캐나다 문인협회 회장이신 이원배 선생의 고견이 있을 것이라 믿고 필자는 한국문학과 숲의 관계를 생명으로 존재하며 유한의 시간을 공유하는 식물+사람에 미치는 삶의 의미로 몇 편의 수필을 통하여 말씀드리려 한다. 수필문학은 체험의 문학이며 사실체험이라고 한다면 그대로 삶의 문학이라는 생각이다. 삶은 생명이 있는 모든 존재들이 갖게 되는 피할 수 없는 과제이다. 숲의 생명 중에서 나무가 지닌 삶을 들여다보며 그간 발표한 나무와 관련된 생각들을 삶의 의미로 정리해 보려 한다. 문명의 발달 이전 숲은 사람이 지구촌에 생명의 존재를 기탁하던 최초의 공간이다. 순수의 맨몸으로 부끄러움 없이 숲에 기대어 한 포기의 풀처럼 한 마리의 동물처럼 자유롭게 생존의 질서를 지키던 절대 공간이었다. 때문에 숲은 고향 집 따뜻한 아랫목처럼 포근한 둥지가 되어 그리움의 시선으로 기웃거리게 하는 절대성을 지닌다. '인간은 오백만 년 전에 숲에서 왔다.'는 어느 임학자의 해설처럼 때문에 너와 나는 그토록 창문 밖에 나무를 심어 정원을 만들고 산과 들을 찾아

심호흡을 하고 있다. 태생적으로 숲은 사람에게 영원한 그리움의 공간이어서 언제나 곁에 두어야만 편안을 찾을 수 있다.

숲이 사람에게 전하는 아름다움은 녹색환경의 시각적인 풍요뿐 아니라 생명존중, 인간을 인간으로 존재하여 생명을 키우는 공간으로 거듭나고 있다. 건강한 육신을 지탱하게 하는 위안의 공간이다. 소나무 숲에 서면 그들의 숨소리에 눈을 감고 취하게 된다. 소나무 숲은 온몸으로 자아내는 싱그러운 솔잎향이 후각을 흔들어 놓는다. 때묻지 않은 순수의 아름다움과 같다. 온통 숲의 적요에 들어 미혹의 아련한 안개의 세상 속을 걸어 보았다. 의성의 어느 마을길 숲에서는 안개가 앞을 가려 고즈넉한 가을정취에 흠뻑 취한 적이 있다. 자욱한 안개의 휘장에 감겨 마치 용트림을 하며 승천하는 듯한 소나무 숲 군락에 온통 마음을 빼앗기고 말았다.

숲은 세상 삶의 고단을 치유하는 안식의 공간이다. 새의 둥지처럼 포근한 안위로 하룻밤 유숙만으로도 막힌 가슴이 환히 뚫리는 청량함을 맛보게 된다. 울창한 숲에 들어 작은 풀포기에서부터 크고 작은 나무들의 세상을 눈여겨보면 제각각 존재의 질서 속에서 서로를 배려하고 양보하며 제몫의 삶을 살고 있다는 생각을 하게 된다. 숲은 생존경쟁의 파고 속에서 혼돈의 삶을 살아가는 사람들에게 한 번 쯤 안식을 전하는 휴식공간이지 싶다. 묵묵히 제자리에 서서 온갖 비바람 태풍 눈비를 감내하며 꿋꿋이 키를 키우는 나무의 가르침을 배우게 한다.

강원도 인제 원대리 한 시간 조금 넘는 산 오름의 심호흡 뒤에 마주친 자작나무숲은 신천지의 신비였다. 30년 전 화전민의 농지를 개간하여 자작나무 묘목을 심어 하늘을 치켜세우듯 까마득히 솟아오른 나무숲은 강인한 생명의 의지로 세운 성탑 같았다. 온 산을 병풍으로 둘러친 자작나무 성벽은 평생을 면벽좌선한 수도자의 깨우침처럼 경건한 모습이었다. 숲은 언제나 자신의 품으로 돌아와 쉬어가라는 손짓을 멈추지 않는다. 어머니의 모성으로 끊임없이 부르고 있어 사람들은 그토록 산등성을 오르는 모양이다.

자연의 신비, 숨 고르며 다독인 자연의 손길이 만들어낸 숲의 세상을 확인하며 생명의 고귀한 가치를 생각했습니다. 저토록 의연하게 서 있는 곧은 자세, 순미한 마음의 빛깔을 스며내는 은빛 광채, 똑같은 연치로 서로 손잡고 키를 세워 병풍처럼 둘러친 무리의 아름다움은 가슴으로 읽는 책이었습니다. 자연의 회초리가 아니고는, 자연의 훈육이 아니고는 이처럼 단단한 성벽을 쌓을 수 없을 듯했습니다. 어머니! 저 먼 하늘나라에서도 어머니는 회초리를 들고 계시는군요. 흘린 땀만큼 거두어 드릴 수 있다는 농부의 결실을 산을 오르며 다시금 생각했습니다.

- 수필 「자연의 신비, 자연의 손길」 중에서

낙엽은 봄부터 몸을 빌려 살아온 나무에서 떨어져 이별의 아픔을 감내해야 하는 숙명을 지녔다. 하여 앙상한 맨몸의 나무는 거스를 수 없는 자연의 순리를 무소유의 깊이로 묵상하고 있다. 버림으로 하여 얻는 깨달음 같은 것, 세상의 모든 모순에 대한 치유일 것이다. 나무는 또 다른 생명탄생을 위해 잠시 쉬어 가기를 거부하지 못하지만 맨몸의 가벼움을 가을나무는 보여주고 있다. 처음부터 소유한 것은 없었으므로 나뭇잎은 저리 가볍게 떨어져 내리고 있다. 깃털보다 가볍게 세상을 등진 무소유의 선각자 법정 스님이나

성철 스님은 가지에서 떨어진 하나의 낙엽이었다. 가벼움의 아름다움을 꽃잎처럼 피워 올리는 낙엽의 침묵을 본다.

- 수필 「가을 빛 언어」 중에서

생명을 지닌 모든 존재의 가치는 너와 나 하나의 객체가 아니라는 생각을 한다. 문학예술의 기본 좌표는 세상에 존재하는 모든 대상과의 동일시이며 물아일체의 정신이다. 한 그루 한 그루의 나무가 스스로 생존의 가치를 세우기 위해 땅속 깊이 뿌리를 뻗어내고 온갖 자연재해를 감내하는 일도 종내에는 사람의 생존의지와 다르지 않다는 것을 알게 된다. 숲을 이루는 세상 속에는 서로 이웃하여 높고 낮은 키를 맞추며 스며드는 햇살의 크기를 질서 있게 맞이한다는 사실이다.

나무 한 그루가 꽃을 피우는 일도, 스치며 지나는 사람들과 하물며 바람이며 하늘빛에게까지 숲은 아름다움을 선사하는 일이지만 종내에는 생명의 모든 존재들이 지니고 있는 종의 번식 의지를 이루기 위한 과정이다. 그러나 참으로 신기한 일은 꽃의 수량만큼 열매를 맺는 나무의 깊은 속내는 열매를 탐하는 날짐승들을 위한 배려라고 한다. 가지마다 매단 열매의 일부는 새들의 먹이로 미리부터 준비한다는 것이다. 어쩌면 숲의 질서는 인간사회의 아귀다툼보다 때묻지 않은 질서를 유지하고 있는지 모른다.

숲은 때로는 잠잠하고 조용한 고요의 늪이 되기도 하지만, 가끔은 폭풍우 몰아치는 아우성으로 혼돈스러울 때가 있다. 불협화음의 대상과 대상들이 서로 등을 돌리는 관계가 되어 기둥이 무너지고 가지가 꺾이는 아픔을 겪고 있다. 뜻하지 않은 폭풍우가 숲을

비집고 가지를 휘어잡으면 아름드리 느티나무도 키 낮은 나무들의 몸체를 무너뜨리고 만다. 양식 없는 무뢰한들이 어린 소녀들의 아직 피워내지도 못한 꽃봉오리를 꺾어 놓고 평생 상처의 아픔으로 앓게 하는 이 참담한 현실에 슬퍼하지 않을 수 없다. 잘 가꾸고 다듬어 미래의 재목으로 키워내야 할 꽃나무 한 그루였다. 너는 누구이고 너와 관계를 소통하고 있는 나는 누구로부터 비롯되어 세상을 호흡하고 있다는 깨달음이 더욱 필요한 시기인 듯 하다.

– 수필 「관계의 끈」 중에서

두 해 전 강원도 대관령 자연 휴양림에서의 하룻밤 유숙은 환상적인 숲의 자태에 매료되던 날이었다. 여름 한낮의 열기에 느슨해진 몸이 숲의 그늘에 들어서기 무섭게 물 위로 뛰어오르는 물고기처럼 활기를 찾기 시작했다. 폭우가 쏟아지던 이후의 맑게 개인 숲은 더더욱 푸르른 숨소리로 잠을 청할 수 없는 밤을 그려내고 있었다. 하늘에 뜬 보름달의 휘황함이란 폭포처럼 쏟아지는 계곡의 아우성과 월광곡의 곡조를 자아내고 있었다. 술을 즐기시는 평창에 이주해 사시는 원로시인의 내방으로 계곡 탁자 위에 술자리가 펼쳐지고 밤이 이슥하도록 자리를 뜨지 못했다.

세상에– 그만큼 안개의 깊이에 매혹되던 날이 대관령 휴양림의 새벽 이전에도 이후에도 없었다. 한 방에 묵은 사람들이 짧은 잠에서도 생기가 난다며 아침산책을 서두르기에 따라나선 길이 무아지경의 안개 숲에 빠지고 만 행운이었다. 아름드리 소나무의 휘어진 수형을 잡고 자락을 펴 감싸 안고 있는 모양새는 여인의 치맛자락인양 하늘거렸다. 부드럽게 나무와 나무 사이로 폭을 넓히는 안개의 자락을 보며 수묵화 속의 선경이 이곳 이겠구나 생각했다. 이

른 아침 휴양림의 숲은 자연이 인간에게 베푸는 천상의 선물인 듯 했다. 가득한 안개 속으로 스며들어도 안개는 시야에서 좀체 사라지지 않고 화폭을 넓히고 있었다.

- 수필 「숲의 소리에 들면」 중에서

숲은 생명의 원천이다. '자연'이라는 무한의 혜택에 전적으로 의존하여 사는 순수의 '자연 속 일부'이다. 때묻지 않은, 아니 오히려 그 어떤 얼룩의 때일지라도 오염의 그것이 아니라 숲은 한 점의 얼룩마저 맑은 종소리를 내장하고 있다. 자욱한 안개, 계곡을 흐르는 물들의 아우성, 연록의 봄으로부터 생명의 신비를, 싱그러운 녹음으로 원대한 이상을 꿈꾸며 숨 쉬고 있다. 황홀한 단풍 빛으로 생의 절정을, 앙상한 나목의 그 쓸쓸함을 손끝으로 감각하며 조락의 생명이 갖는 한 생의 종말을 경건하게 바라보게 된다. 숲은 침묵으로 기도하는 수도자의 사리이다.

온갖 자연재해의 피폐 앞에 놓여 있음에도 묵묵한 자세로 제자리를 지키는 숲의 속성은 힘겨운 삶을 살아야 하는 사람들에게 귀감이 되고 있다. 한국수필문단의 많은 수필가들 뿐 아니라 타 장르의 문인들도 숲을 주제로 쓴 작품이 적지 않은 편이다. 숲의 나무들에게 시선을 보내고 그들과 조우하는 수필이다. 작고하신 이양하 선생님은 수필 「나무」에서 '나무는 훌륭한 견인주의자요, 고독의 철인이요, 안분지족의 현인'이라고 하였다. 그같이 현인과도 같은 나무들이 함께 어깨를 나란히 호흡하고 있는 숲의 세상은 때문에 그처럼 평화로운 모양이다. 숲길에 들어서면 하늘 높이 치솟은 나무들의 웅장한 군림 속에서도 몇 마리의 새들이 맑은 종소리로 지저귈 뿐 조용한 평화를 온몸으로 느끼게 된다.

탁현미 손거울 임정남 이순애 김옥남 박진호 박옥임 이흥수 황혜숙
김은자 이개성 심웅석 윤정희 손경호 김점숙 이중환 강신덕

그냥 또 그렇게

시계문학 아홉 번째 작품집

그냥 또 그렇게

시 계 문 학 회